Brigitta Biermanski:
Der härteste Lauf der Welt –
in 64 Tagen von Lissabon nach Moskau
(Trans-Europa-Lauf)

Brigitta Biermanski

Der härteste Lauf der Welt

in 64 Tagen
von Lissabon nach Moskau
(Trans-Europa-Lauf)

Brigitta Biermanski
Der härteste Lauf der Welt -
in 64 Tagen
von Lissabon nach Moskau
(Trans-Europa-Lauf)

Textbearbeitung:
Gerd Küppers

Covergestaltung:
Gerd Küppers/Gerhard Himbert

Titelfoto:
Jürgen Ankenbrand, Kalifornien/USA

Alle Rechte liegen bei der Autorin

Herstellung und Verlag:
Books on Demand GmbH, Norderstedt

ISBN-Nr. 3-8334-3749-9

Danksagung

Der Autor und Marathonläufer Gerd Küppers
hat mich ermutigt, meine Erinnerungen
zu veröffentlichen.

Nachdem ich sein Buch
*„Als Tramper durch die USA. Reiseberichte vom
Straßenrand"* gelesen hatte,
bat ich ihn, mir bei der Niederschrift zu helfen.

Ich danke ihm sehr, denn ohne seine Hilfe wäre
dieses Buch nicht zustande gekommen.

Zu Fuß nach Moskau?

Durch die Glasscheibe kann ich sehen, wie Frau Neis mit der rechten Schulter den Telefonhörer ans Ohr drückt. In ein paar Minuten wird sie mich wohl für verrückt erklären. Ich öffne die Türe des Reisebüros. Frau Neis legt den Hörer auf und ruft:
„Guten Morgen, Frau Biermanski. Wohin geht's denn jetzt schon wieder?"
Ich erwidere ihren Gruß und sage mit fester Stimme:
„Am 16. April brauche ich einen Flug von Köln nach Lissabon."
Frau Neis tippt ‚Lissabon' in den Computer und fragt über die Schulter:
„Wann möchten Sie zurück fliegen?"
„Am 22. Juni. Ab Moskau."
Sie dreht sich überrascht um.
„Ab Moskau?"
Ich nicke.
„Und wie kommen Sie da hin?"
„Ich laufe nach Moskau."
Einen Moment lang bewegt sich ihr Mund lautlos. Dann ruft sie der Kollegin am Kopiergerät zu:
„Hast Du das gehört? Frau Biermanski will von Lissabon nach Moskau laufen. Das ist doch der helle Wahnsinn. Unbegreiflich."
Die junge Frau am Kopiergerät lächelt nur mitleidig und schüttelt den Kopf. Auf der Weltkarte schätzen die beiden die Entfernung zwischen Lissabon und Moskau.
„Das sind ja mehr als viertausend Kilometer."
„Fünftausend," sage ich.

„Ich könnte das keinen Tag aushalten. Wie viele Ruhetage haben Sie denn?" fragt Frau Neis.

„Keinen einzigen," antworte ich. Die Frauen rechnen nach. Frau Neis fragt entgeistert:

„Wollen Sie wirklich neun Wochen lang jeden Tag etwa 80 Kilometer laufen? Das schafft doch kein Mensch. Das ist ja Selbstmord."

„Eins können Sie mir glauben," sage ich und tippe energisch mit den Fingernägeln auf die polierte Ladentheke, „so lebendig wie Sie mich hier sehen, so will ich am 21. Juni auf dem Roten Platz ankommen. Und zwei Tage später will ich zu Hause mit meiner Walking-Talking-Gruppe vom Sportverein 09 Puderbach trainieren."

„Und was macht Sie da so sicher?"

„Ich habe monatelang überlegt, ob ich es wagen soll. In meiner Phantasie habe ich einstürzende Brücken, überschwemmte Ufer wie beim Elb-Hochwasser gesehen. Im Gebirge krachten mir Felsbrocken vor die Füße, ein betrunkener Autofahrer quetschte mich im Straßentunnel an die Wand. Aber letzten Endes habe ich auf meine innere Stimme gehört, die sagte: „Brigitta, Du schaffst das schon."

Frau Neis fragt augenzwinkernd nach dem Sponsor. Ich antworte:

„Es ist ein Lauf für Verständigung und Frieden in Europa. Das liegt mir sehr am Herzen. Dafür strenge ich mich gerne an."

Was ist mit Olli los?

Am Abflugterminal des Flughafens Köln-Wahn stehen wir deutschen Ultra-Langläufer zum Abflug nach Lissabon bereit und versichern einander, dass wir es schon bis Moskau schaffen werden. Aber in den Gesprächspausen sehe ich nachdenkliche Gesichter. Vermutlich wird sich schon in den nächsten zwei Wochen zeigen, wer seine Leistungsfähigkeit überschätzt hat. Das ist nicht irgendein Lauf, sondern er gilt als der härteste der Welt.

Bei den Spreeläufen (420 Kilometer) lernte ich Olli (Name geändert) als einen netten und zuverlässigen Kameraden kennen. Jetzt wankt er in letzter Minute in die Wartehalle. Langsam dreht er sich im Kreis und bemerkt uns nicht, obwohl wir direkt in seinem Blickfeld stehen. Als er uns erkennt, geht ein Ruck durch seinen Körper. Von weitem röhrt er unserem Top-Favoriten Robert Wimmer entgegen:

„Hallooo, Robert! Du hast viel trainiert, Du schaffst es bestimmt!"

Ringsum horchen die Wartenden auf und treten diskret zur Seite. Mir ist das peinlich, darum laufe ich Olli entgegen. Noch ehe ich ein besänftigendes Wort sagen kann, tönt er mir ins Ohr:

„Hallooo, Brigitta! Du schaffst es auch."

Die Sicherheitsleute bleiben stehen und mustern ihn misstrauisch. Wir reden auf ihn ein, wollen ihn besänftigen, doch er ruft weiterhin wirres Zeug, so dass sie ihn nicht einchecken lassen. Wir versprechen dem Flugkapitän, dass wir uns während des Fluges um Olli kümmern werden. Aber er muss zurückbleiben. Zerknirscht stapft er im Warteraum über die

Koffer und Rucksäcke hinweg, lässt sich auf eine Sitzbank fallen und stiert teilnahmslos vor sich hin.

Am nächsten Tag bereiten wir uns in Lissabon auf den Start vor. Ich traue meinen Augen nicht, als Olli plötzlich vor mir hin und her schwankt.

Unser Organisationsleiter Ingo Schulze nimmt Olli ins Gebet. Das Ergebnis ist niederschmetternd. Olli darf nicht starten, denn er ist wieder betrunken.

19. April: 1. Etappe
Von Lissabon nach Venda Novas
(8 km + 58,9 km)

Ostersamstag. Die Umrisse der einstigen Festung Torre de Belém zeichnen sich in der Morgensonne gegen den blauen Himmel ab. Bei sommerlichen Temperaturen sind sieben Läuferinnen und siebenunddreißig Läufer aus vierzehn Nationen startbereit. Der Franzose Bernard Grojean fährt mit dem Rollstuhl.

Der Start am Wahrzeichen von Lissabon ist für uns eine besondere Ehre. Hier stachen einst die kühnen Eroberer und Entdecker in See.

Endlich fällt der Startschuss. Ich starre fasziniert in den blauen Rauch und stelle mir vor, wie ich in neun Wochen auf dem Roten Platz in Moskau stehen werde. Unglaublich, denke ich, bin wie gelähmt, möchte am liebsten ausscheren, weiß nicht, wie ich die Strecke bewältigen soll. Doch die anderen Läufer und die jubelnden Zuschauer treiben mich an. Santana Lopez, der Bürgermeister von Lissabon, schwenkt im Geländewagen vor uns die portugiesische Fahne. Etwa acht Kilometer folgen wir im Pulk dem Lauf des

Téjo. Schon kommt die neu erbaute Vasco-da-Gama-Brücke in Sicht. Ich freue mich auf den weiten Blick über die Stadt und auf das blauschimmernde Meer. Die zahlreichen Reporter und die Prominenten entschwinden nach und nach.

Ein abrupter Halt. Nein, wir dürfen nicht über die Brücke laufen. Warum? Keine Ahnung. Befehl von oben.

Verschwitzt und verärgert warten wir eine dreiviertel Stunde, bis uns die Flussfähre nach Montijo übersetzt. In einem Punkt sind wir Läufer uns einig: Wir können nur dann sportliche Höchstleistungen erbringen, wenn die Organisation reibungslos funktioniert. Es muss sichergestellt sein, dass wir uns nach einem anstrengenden Lauftag in einer gemütlichen Umgebung entspannen und erholen können.

In einem weißen Bus registriert Stefan Seyrich die Startzeiten. Damit ist das Zeitrennen eröffnet. Robert Wimmer zieht eilig davon. Seine Bewegungen gleiten so sanft, als strenge ihn das Laufen gar nicht an. Manfred Leismann spurtet gleich hinterher. Er hat den Trans-Europa-Lauf mitbegründet. Im letzten Jahr erkundete Manfred die Strecke von Lissabon bis Warschau mit dem Motorrad und erarbeitete den Laufplan.

Ich gehe die Strecke bewusst langsam an, möchte die Landschaft mit allen Sinnen erleben. Die dünn besiedelte Estramadura ist ein stiller, hügeliger Landstrich. Durch die Meeresbrisen bleibt die Luft angenehm kühl. Rechts und links der Landstraße schweift der Blick über blühende Felder, Korkeichenwälder und Dörfer mit kleinen, weiß ge-

strichenen Häusern. Japanische Läufer traben an mir vorüber. Sie nicken und lächeln so freundlich.
Oh je, denke ich, die sind aber schnell unterwegs. Ob sie ihr Tempo wohl halten können? Mister Tanabe scheint fotokrank zu sein. Rückwärts laufend knipst er mich ein Dutzend Mal.
Nach 74 Kilometern erreiche ich das Tagesziel: eine Turnhalle in Venda Novas. Wie ich mich auf die Dusche und auf den entspannenden Abend freue! Doch vor der Turnhalle beschimpfen ein paar Läufer unseren Ingo Schulze, der verzweifelt behauptet, er habe die Übernachtung in der Turnhalle ordnungs-gemäß gebucht. Aber der Verwalter der Halle sei in Osterurlaub gefahren und habe die Hallenschlüssel mitgenommen. Ingo telefoniert, bis sich schließlich der Kommandeur der nahen Kaserne erbarmt.
Ich schlafe tief und fest in einer portugiesischen Mannschaftsstube, 1. Etagenbett links, 2. Stock.

20. April: 2. Etappe
Nach Estremos (88 km)

Um halb fünf klingelt der Wecker. Mühsam kriechen wir aus den Schlafsäcken, packen die Siebensachen, cremen die Füße ein und bringen unsere Rucksäcke zum Begleitfahrzeug. Am Himmel funkeln die Sterne. Nach dem Frühstück starten wir um sechs Uhr. Die schnelleren Läufer schlafen eine Stunde länger und starten um sieben.
Die Scheinwerfer der entgegenkommenden Fahrzeuge blenden. Es dauert oft Sekunden, bis ich den Bürger-steig wieder erkennen kann. Erst kurz vor halb acht kriecht die Sonne über die Kammlinie am Horizont.

Nach dreißig Kilometern überholt mich Robert Wimmer, der um 7 Uhr gestartet ist. Ich frage:
„Weißt Du, wo unsere Truppe heute nacht schläft?"
Er weiß es nicht, und es interessiert ihn auch nicht, denn er kann überall schlafen. Im letzten Winter schlummerte er daheim auf dem Balkon, um sich abzuhärten.

Eine weitere Stunde verstreicht. Roberts Vater, der 66jährige Peter Wimmer überholt mich. Peter, der sein Arbeitsleben als Graveur und Drucker in Nürnberg vollendet hat, stellte noch mit sechzig Jahren einige Weltrekorde im Langlauf auf. Er läuft nicht so leichtfüßig wie sein Sohn. Ich schätze, Peter wird das Tempo nicht halten können.

Am Nachmittag zockelt die Japanerin Kasuko Kaihata lächelnd an mir vorbei. Sie wirkt so zierlich und zerbrechlich. Du lächelndes Biest, denke ich, so leicht kannst Du mich nicht abhängen. Schon hefte ich mich an ihre Fersen, setze sogar zum Überholen an.

Aber meine innere Stimme mahnt: Brigitta lass Dich nicht verführen. Bleib in Deinem Rhythmus! Bleib beim Schlappschritt! Moskau ist noch weit!

Gegen Abend streicht vom Atlantik ein kühler Wind übers Land und bewegt ein Meer von roten Mohnblüten. Als ich überraschend um eine Kurve biege, erschrecken die Stiere auf der Weide und senken bedrohlich ihre Köpfe.

In den Städten und Dörfern orientiere ich mich an den Richtungspfeilen, die Ingo und seine freiwilligen Helfer auf die Fahrbahn, auf Verkehrsschilder und an Laternenpfähle geklebt haben.

In Estremoz, einer sandfarbenen Kleinstadt mit einer Zitadelle und einem Kastell, endet unsere Etappe. Vor einer hell erleuchteten Halle notiert Ingo die Zeiten und schickt mich ins Gebäude. Entgeistert komme ich zurück:

„Aber Ingo! Das ist eine ja eine Eishalle! Willst Du uns schockgefrieren?"

Er jammert: „Es ist die einzige Halle, die ich hier mieten konnte. Wenn es Dir drinnen zu kalt ist, kannst Du auch in Deinem Zwei-Mann-Zelt übernachten."

Ich überlege eine Weile. Im Vertrag ist festgelegt, dass die Läufer zelten müssen, wenn vor Ort keine sonstige Schlafgelegenheit zu finden ist. Ich bin zu müde, um mein Zelt aufzubauen. Wenn ich mich heute nacht in der Eishalle erkälte, muss ich vielleicht in zwei Tagen wieder nach Hause fahren. Seufzend gehe ich in die Halle und verzehre zwischen den Sitzreihen der Zuschauertribüne mein Abendbrot. Es ist genug vegetarische Kost für mich dabei. Mit der Skimütze auf dem Kopf krieche ich in den Schlafsack. Die Körperwärme breitet sich rasch bis in die Hände und Zehen aus.

21. April: 3. Etappe
nach Pueblo Nuevo Guardiana (81,4 km)

Bei der Morgenmeditation bitte ich meine höhere Macht um zwölf Engel als Geleitschutz für die Gruppe. Sie sollen an den kritischen Punkten das Schlimmste verhindern. Immer wieder suggeriere ich mir ein: Du wirst langsam laufen. Du wirst langsam laufen. Wichtig sind nur Trinken, Essen, Schlafen, Laufen. Trinken, Essen, Schlafen, Laufen. Du wirst langsam laufen...

Schon am frühen Morgen brennt die Sonne vom azurfarbenen Himmel. Mit Jürgen Hitzler, einem sympathischen jungen Mann, plaudere ich stundenlang. Eine verlassene Zollstation erinnert uns daran, dass wir die einstige spanisch-portugiesische Grenze überschreiten. Einige hundert Meter hinter dem Gebäude mustert uns Jürgens Freundin mit kritischem Blick.

„Was ist los, Anke?" fragt Jürgen.

„Ihr seid knallrot im Gesicht."

Bei dem kühlenden Wind haben wir den Sonnenbrand noch gar nicht bemerkt. Ankes Massage lässt mich alle quälenden Gedanken für eim paar Minuten vergessen. Wahrscheinlich werde ich unterwegs nicht noch mal so gehörig massiert, denn ich habe keinen persönlichen Betreuer.

Nach der Pause läuft mir Jürgen überraschend schnell davon. Ich schiebe in meinem Trott die Hügel hinauf, laufe entspannt talwärts. Meine Gedanken kreisen zwischen Wirklichkeit und Phantasie. Ich kann niemanden fragen, wo wir heute übernachten. Dieses Grübeln ist beinahe anstrengender als das Laufen! Warum quält mich das? Ich muss lernen, die Dinge auf mich zukommen zu lassen.

Zwei Eselsreiter fragen, warum ich als Frau alleine die Landstraße entlang renne. In meinem gebrochenen Portugiesisch versuche ich zu erklären, dass ich nach Moskau will. Die beiden lachen. Das nehmen sie mir nicht ab.

In Pueblo Nuevo Guardiana fragt mich der Journalist Uwe Görtz vom Westdeutschen Rundfunk, wo ich in Deutschland wohne.

„In St. Eimel, im Westerwald."

Er grinst: „Den Ortsnamen gibt es nicht."

„Woher wollen Sie das wissen?"
„Weil ich dort aufgewachsen bin."
Wir wissen beide, dass der Ort Steimel heißt und lachen über das alberne Wortspiel. Görtz staunt: „Unglaublich, dass Sie nach dieser Anstrengung noch zum Scherzen aufgelegt sind."
„Ach, Herr Görtz, so einen Lauf kann man nur mit Humor überstehen."
Kurz vor 22 Uhr liegen Männlein und Weiblein in der kleinen Turnhalle dicht beieinander. Die Japaner schlafen in der Mitte, umringt von Amerikanern und Europäern.
Ich blinzele aus dem Schlafsack. Mein Blick verliert sich im wirren Durcheinander von Kleidungsstücken, Taschen und Schlafsäcken. An einer langen Leine baumeln Ausrüstungsgegenstände.
Punkt 22 Uhr schaltet Ingo das Licht aus. Als Vorsitzender des „Trans-Europa-Lauf e.V." ist Ingo auch für die Einhaltung der Ruhezeiten verantwortlich. Ich denke im stillen, Ingo hat die Probleme unterschätzt, die so ein Lauf im Ausland mit sich bringt. Die bisherigen Pleiten lassen noch Schlimmes befürchten.
Durch den Raum schwirrt babylonisches Sprachengewirr. Wer nachts aufs Klo will, muss sich im Dunkeln durch das Vielerlei vorantasten.

22. April: 4. Etappe
Nach Caceres (93,4 km)

Um 4.30 schrillt der Wecker in meinen Ohren wie eine Symphonie von Tschaikowsky. Das Neonlicht lässt die halbnackten Frühstarter leichenblass aussehen. Die Spätstarter lugen mal kurz aus dem Schlafsack und gehen dann wieder auf Tauchstation. Die freiwilligen Helfer haben schon das Frühstücksbüfett vorbereitet. Wie die Heinzelmännchen schaffen sie Verpflegung herbei, spülen, wischen, betreuen alle zehn Kilometer die mobilen Versorgungsstationen an der Laufstrecke.

Diesen selbstlosen Einsatz wissen aber längst nicht alle Läufer zu schätzen. Jetzt schnauzen sie die Helfer an, weil wieder mal kalorienarmes Weißbrot auf dem Tisch liegt. Doch darum hat sich der Leiter zu kümmern. Er ist auch dafür verantwortlich, dass die Essensrationen nicht zu knapp ausfallen. Mir jedenfalls reicht das Frühstück nicht. Darum knabbere ich schon jetzt an der Eisernen Ration, die ich eigentlich für die russischen Weiten vorgesehen hatte.

Ich könnte unterwegs in jedem beliebigen Dorfladen einkaufen. Aber der Schritt von der Rennbahn in die Normalität ist zu gefährlich. Vielleicht würde ich dann aufgeben. So laufe ich jedes Mal stur an den Läden vorbei und tröste mich mit dem Gedanken, dass auch ein Gipfelstürmer nicht zwischendurch mal den Felsen verlässt, den er bezwingen will.

„Erste Gruppe in 10 Minuten zum Start raustreten,“ ruft Ingo, „bis Caceres sind es 93 Kilometer.“

Au Backe. Wir Frühstarter treten auf dem Vorplatz ins gleißende Scheinwerferlicht von ARD und ZDF. Aufnahme und ab, hinter einer Polizeistreife her, aus dem Ort heraus, eine dunkle Straße hinauf.

An einem Versorgungsstand fragt mich ein Fernsehreporter nach meinen Essgewohnheiten. Ich sage, dass ich vegetarisch lebe; schon jetzt müsse ich meine Vorräte für Russland angreifen. Aber das solle er bloß nicht an die große Glocke hängen. Es könne ja alles noch besser werden. Während wir gemütlich plaudern, rennt Robert Wimmer auf den Versorgungsstand zu. Die Betreuerin ruft:

„Leute, haltet den Tisch fest."

Zwei Betreuerinnen halten tatsächlich den Tapeziertisch fest. Robert prescht heran, greift nach einer Getränkeflasche, füllt sie in vollem Lauf in seine Feldflasche um, wirft die leere Flasche ins Gras und zieht davon. Allgemeines Kopfschütteln.

Auf der Nationalstraße glotzen mich hochbeinige, schwarze iberische Schweine durch die Gitterstäbe eines Viehtransporters an. Ich weiß nicht wohin, mit all der Wut, die mich ohne erkennbaren Grund befällt.

„Was starrt ihr mich so an," schreie ich den Tieren hinterher, „ich bin Vegetarierin und kann nichts dafür, dass das eure letzte Reise ist."

Links der Fahrbahn staken die Störche in den Auen umher und suchen nach Froschmahlzeiten. Ständig muss ich ans Essen denken.

Nach achtzig Kilometern schwinden meine Kräfte. Du schaffst es, Brigitta. Bald bist Du am Ziel. Nur noch ein paar lausige Kilometer, sage ich mir.

Am Straßenrand hockt Ingo in seinem VW Tuareg und mustert mich durch das Seitenfenster. Er sagt:

„Brigitta! Stell Dir vor. Ich habe eine Unterkunft gefunden! Ihr müsst nicht zelten."

Mir schwillt der Kamm. Soll ich Ingo jetzt die Füße küssen, weil er seinen Job macht? Wozu habe ich ihm fast dreitausend Euro gezahlt? Er bohrt weiter:

„Schaffst Du es noch bis ins Ziel oder möchtest Du mit mir fahren?"

Ich könnte ihm wegen seiner blöden Frage den Hals umdrehen. Er weiß ganz genau, dass ich aus der offiziellen Wertung gestrichen werde, wenn ich jetzt aufgebe. Ob der glaubt, er könne mich klein kriegen? Hat er mich schon heimlich als unfreiwillige Helferin auserkoren, die bis Moskau unentgeltlich für ihn arbeitet? Denkste, Ingo! Ich bin angetreten, um bis Moskau zu laufen!

Mit bleischweren Füssen latsche ich spät ins Ziel. Über Caceres, den Wallfahrtsort der Renaissance-Liebhaber habe ich viel gelesen. Gerne wäre ich mit Sigrid Eichner an den berühmten Stadtmauern entlang gestreift. Doch nach dieser Anstrengung bin ich so platt wie eine Flunder. Da ist jetzt nix mehr mit cultura, nur noch was mit natura. Vor allem Trinken, Essen, Schlafen, Schlafen, Schlafen.

23. April: 5. Etappe
Nach Plasencia (99,6 km)

Mit aufgequollenen Gesichtern stehen wir Frühstarter kurz vor sechs im Kameralicht des Deutschen Fernsehens. Jeder ringt sich ein Lächeln ab. Wieder liegt eine knüppelharte Strecke vor uns. Das Ziel, hoch droben in den Bergen, ist hundert Kilometer entfernt. Der Lauf durch dunkle Straßen drückt aufs Gemüt; auch das kostet Energie.

Wie kann ich mich selbst in gute Stimmung versetzen? Mir fallen die buddhistischen Mönche ein, die ihre Klosterzellen erst verlassen dürfen, nachdem sie sieben Mal über sich selbst gelacht haben. Nach dieser Übung jauchze ich der aufgehenden Sonne alle Volkslieder entgegen, die ich noch aus dem Liederbuch „Die Mundorgel" kenne: „Im Frühtau zu Berge wir ziehn Fallera...", „Wir lagen vor Madagaskar...",

„Wilde Gesellen..." „Auf der Schwäb'sche Eise-
bahne..."
Am frühen Nachmittag treffe ich die Amerikanerin
Barbara Frye am Versorgungsstand. Sie wirkt so ver-
grämt. Geht ihr der Freund auf die Nerven? Er guckt
auch so bekümmert. Aus Kalifornien ist er angereist,
um seine Barbara zu umhegen. Als ich frage, wie es
ihr geht, rennt sie davon.
In den letzten Tagen hatte ich den Eindruck, sie blickt
als schnellere Läuferin auf mich lahme Ente herab.
Vielleicht mag sie mich nicht? So ein Quatsch. Das
rede ich mir nur ein. Soll sie doch hinlaufen, wo der
Pfeffer wächst.
Die Strecke führt nun an halb zerfallenen Ritterburgen
vorbei. Es sind Überreste zahlloser Kämpfe zwischen
Christen und Mauren. Ich gehöre zu den christlichen
Belagerern der Burg am Straßenrand. Die Mauren
wollen nicht aufgeben, schütten sogar heißes Pech auf
die ersten Angreifer. Doch wir können die Sturm-
leitern an die Burgmauern anlegen. Die Verteidiger
versuchen einen Ausfall, werden aber von uns nieder-
gekämpft. Ein Auto hupt. Ich war zu weit auf die
Straße gelaufen. Das Kino in meinem Kopf ist die
einzige, aber nicht ganz ungefährliche Ablenkung.
Die Umwege eingerechnet, bin ich heute über hundert
Kilometer gelaufen und kann keinen Schritt mehr tun.
Vor dem Tagesziel, einer Turnhalle, drängeln sich die
Läufer. Aus der Halle dringt Johlen, Klatschen und
Pfeifen. Keine Frage, da ist noch ein Turnier im
Gange. Wir müssen uns gedulden, werden nur bis in
die Umkleideräume vorgelassen, wo die meisten von
uns umsinken und auf dem Boden einschlafen. Andere
quetschen sich auf die Bänke und nicken dort ein. In

dem stickigen Raum geht noch mal die Türe auf. Die Ehefrau und der Sohn des Läufers Cor Westhuis schieben ihre hoch bepackten Fahrräder hinein, weil sie fürchten, die Räder könnten draußen gestohlen werden. Mir ist jetzt alles egal. Der Totstell-Reflex versetzt mich in tiefen Schlaf. Erst gegen Mitternacht werde ich wach und krieche mühsam in meinen Schlafsack. Um vier Uhr dreißig rasselt wieder der Wecker.

24. April: 6. Etappe
Nach Bejar (57 km)

Heute haben wir eine kurze Strecke vor uns. Darüber freue ich mich so sehr, dass ich der Sonne ein Ständchen bringe. Ein ähnlich beschwingtes Gefühl hatte ich 1988, bei meinem ersten Marathon in West-Berlin, etwa ein Jahr vor dem Fall der Mauer. Spontan kletterte ich auf die Aussichtsplattform am Brandenburger Tor und brüllte über die Mauer hinweg, den vorbeimarschierenden Grenzsoldaten zu:
„He, Jungs. Heute laufe ich noch für Euch mit. Bald laufen wir zusammen. Die Teilung kann nicht ewig dauern."
Die hügelige Strecke nervt. Kurz vor dem Ziel humpelt Barbara weinend vor mir her. Als ich sie überholen will, umfasst sie ihr rechtes Kniegelenk und stöhnt: „Brigitta. Can you believe this?"
Als ich mich gestern um Dich kümmern wollte, bist Du abgehauen und hast mich alleine rennen lassen, nur weil Du Angst hattest, ich könnte schneller sein als Du. Jetzt willst Du von mir bedauert werden,

denke ich, werfe einen flüchtigen Blick auf ihr geschwollenes Knie und sage:

„O Barbara. I feel so sorry for you."

Über Bejar haben sich schwarze Wolken zusammengeschoben. Blitze zucken und Donner grollt. Am Stadtrand entdecke ich im Rinnstein ein paar Richtungspfeile, die der Gewitterregen abgewaschen hat. Orientierungslos laufe ich durch die Gassen, frage mich durch. Die Leute starren befremdet auf meine Läuferkluft. Bald bin ich in der Masse eingekeilt, werde über den Markt gedrängt, auf dem die Marktschreier ihre Waren anpreisen: Mückenspray, BHs, Unterwäsche, Schuhe, Apfelsinen. Jemand wirft mir einen leeren Karton vor die Füße.

Vor der Turnhalle warten schon seit einer Stunde durchnässte, bibbernde Schnellläufer auf Ingo. Es kommt die Meldung, dass er mit seinem Auto vor einer geschlossenen Schranke steht. Keiner weiß, wann er weiter fahren darf.

Jetzt heißt es: trinken und sich warm halten. Wir laufen in die Stadt zurück. Die Japanerin Kazuko hat schon blaue Lippen und zittert wie Espenlaub. Sie müsste dringend ihre Kleidung wechseln. Es bleibt ihr nichts übrig, als sich auf dem Markt einen neuen Trainingsanzug zu kaufen.

Als Ingo endlich die Hallentüre öffnet, stürzen sich alle auf die Sprossenwände. Da trocknet die Kleidung am schnellsten.

25. April: 7. Etappe
Nach Salamanca (75,1 km)

Am Frühstückstisch fehlt wieder mal Plastik-Geschirr.
Ich habe keine Lust, danach zu suchen. Also schmiere
ich die Margarine mit dem Zeigefinger aufs Brot.
Nach 600 Kilometern sind schon zwei Paar Lauf-
schuhe verschlissen. Dabei hatte mir der Schuhver-
käufer in Deutschland hoch und heilig versichert, dass
Asics-Schuhe tausend Kilometer halten. Acht Paar
Schuhe der Größe 42 habe ich noch in Reserve. Wenn
der Verschleiß so weitergeht, brauche ich aber 17 Paar
Laufschuhe. Wie soll ich die kaufen, wenn ich jeden
Tag laufe und nicht von der Strecke abweichen darf?
Einen privaten Betreuer habe ich nicht. Die Leute an
den Versorgungsständen sind von Ingo angewiesen,
für die Läufer keine privaten Besorgungen zu machen.
Wenn kein Wunder passiert, muss ich den Lauf wegen
Schuhmangels abbrechen.
Das Laufen an der Schnellstraße ist gefährlicher als
ich dachte, denn der Fahrtwind der Lastwagen zieht
mich in Richtung Fahrbahn.
Eine Regenfront kommt auf. Das Wasser klatscht auf
den Asphalt. Hohe Wasserfontänen hüllen mich ein.
Die Umgebung verschwimmt für Sekunden. Wann
kommt endlich der nächste Versorgungsstand? Mein
Körper wehrt sich gegen die Strapazen. Zweifel
plagen mich. Habe ich mir zu viel vorgenommen?
Schade ich mir am Ende selbst? Laufe ich nur noch,
weil ich es mir vorgenommen habe?
So trotte ich vor mich hin. Nach dreißig Kilometern
nähern sich rasche Schritte. Robert klopft mir kame-

23

radschaftlich auf die Schulter. Vielleicht hat er schon an meiner Haltung gemerkt, was in mir vorgeht. „Hallo, Brigitta!" sagt er nur und grinst mich freundlich an. Das ist der kleine Schub fürs Herz, den ich von Zeit zu Zeit brauche. Kurz danach trabt Wolfgang Schwerk heran, der Australien vor zwei Jahren in Rekordzeit singend durchquerte. Auch er ist sensibel für die Stimmungen anderer Menschen. Mit einer langsamen Bewegung führt er einen Arm am Körper von unten nach oben, lässt die Hand über dem Kopf kreisen. Er bleibt stehen, verbeugt sich, als wolle er mich zum Tanz auffordern und singt die Arie des Papageno aus der Zauberflöte:
„Dies Bildnis ist bezaubernd schön, wie noch kein Auge je geseh'n...".
Die Mittagssonne sticht vom hohen Himmel. Spanien hält Siesta. Selbst die Esel ziehen sich in den Schatten der Olivenbäume zurück. Wir aber laufen weiter.
Hat Kazuko sich gestern erkältet? Bisher zog sie morgens schnell an mir vorbei. Jetzt läuft sie verdächtig langsam. Eine Zeitlang beobachte ich das Zusammenspiel ihrer Beinmuskeln. Ja, sie muss sich sehr anstrengen. Ihr Atem rasselt. Weil mir nichts besseres einfällt, singe ich ihr ins Ohr:
„Your are my sunshine, my golden sunshine..."
Kazuko lächelt tapfer. Wir meistern die Steigung gemeinsam. Auf der Hochebene lehrt sie mich ein altes japanisches Lied. Dabei bewegen wir beide die Arme, Hände und Finger wie Marionetten. Die Autofahrer lachen, hupen und winken.
Der Niederländer Cor Westhuis wurde bisher von seiner Frau und seinem Sohn auf Fahrrädern begleitet. Heute läuft er alleine ächzend im Zick-Zack. Kazuko

und ich pirschen uns leise an ihn heran, greifen ihm gleichzeitig von hinten unter die Arme und singen das „Sunshine-Lied".

Doch Cor schiebt uns freundlich beiseite. Er ist sehr schwach, kann unser Tempo nicht halten. Kazuko erholt sich auf der Geraden und zieht davon. Sie gönnt mir wohl den dritten Platz in der Tageswertung der Frauen nicht. Na, warte, Kazuko. Eines Tages werde ich Dich einholen, und selbst wenn es Dir dann noch schlechter geht als vorhin, werde ich mich nicht um Dich kümmern. So rede ich mich allmählich in Rage. Doch dann fallen mir die lachenden buddhistischen Mönche wieder ein.

In Salamanca verliere ich die Orientierung, weil ein paar Richtungspfeile fehlen. Vielleicht haben Kinder oder Jugendliche sie abgelöst. Schließlich stehe ich vor einer Stier-Arena. Hier werde ich auf keinen Fall übernachten. Es ärgert mich, dass absichtslos gelaufene Strecken bei der Wertung nicht berücksichtigt werden. Endlich finde ich das Ziel. Auch andere Läufer haben sich verirrt und sind genervt. Am schlimmsten trifft der „Zeitverlust" die Schnellläufer. Sie berufen am Abend eine Krisensitzung ein. Ingo verspricht, dass die Streckenmarkierung verbessert wird. Schade, dass ich von der Diskussion nicht viel mitbekommen habe. Mir fielen immer wieder die Augen zu. Viel lieber hätte ich mit Sigrid die berühmten goldsteinfarbenen Häuserfassaden von Salamanca bewundert.

Kurz vor dem Zapfenstreich hängt unser „Zeitmesser" und Computer-Experte Sebastian Seyrich die neuesten E-Mails ans Schwarze Brett. Meine Lauffreunde aus Puderbach haben geschrieben:

„Brigitta, Du schaffst es!"
Mir kommen fast die Tränen. In der Nacht schlafe ich in der Nähe des Texaners Donald Charles Winkley, der mit seinen 64 Jahren zu den Lauf-Senioren gehört. In seiner Ecke flattert eine Whiskyfahne. Nach Mitternacht weckt mich ein Geräusch, das mich ans Krankenhaus erinnert. Dem französischen Laufkollegen nebenan ist der Weg aufs Klo zu weit. So uriniert er im Dunkeln in eine Flasche. Hoffentlich geht nichts daneben.

26. April: 8. Etappe
Nach Tordesillas (84,3 km)

Bereits eine Woche vorbei. Schon um vier Uhr spuken die Japaner durch die Halle. Dann folgen die Mitteleuropäer, Osteuropäer, die Südländer, Westeuropäer, und dann erst schälen sich die Nord- und Südamerikaner aus ihren Schlafsäcken.
Die Landschaft ist karg und versteppt. Eine Abwechslung bietet der Nationalpark Rio Duratón. Hier staut sich das Wasser in einem Canyon. In Millionen Jahren hat es tiefe Schluchten ins Kalksandsteingebirge gegraben. Die Adler kreisen in luftiger Höhe. Ein Habicht rauscht dicht über meinen Kopf hinweg. Der Vogel hockt sich auf einen Ast und schaut mich an. Nicht noch mal, lieber Habicht. Ich werde gleich aus Deinem Revier verschwinden. Du siehst doch, dass ich freiwillig schneller laufe.
Mit einem Ehepaar aus Berlin komme ich kurz ins Gespräch. Beide sind Vogelkundler. Er berlinert:
„Saren Se ma, junge Frau. Wo woll'nse denn eijentlich hin, ha?"

„Nach Moskau."

„Ach wat. Se woll'n mir doch nich für blöd verkoofen, wa?"

Tordesillas erinnert mich an meinen alten Geschichtslehrer. Ich höre ihn mit empörtem Donnergrollen erklären, dass der Papst in dieser Stadt vor rund fünfhundert Jahren darüber entschieden hat, welcher Teil der eroberten Gebiete in Übersee den Spaniern und welcher den Portugiesen gehört. Somit erklärte das Oberhaupt der römisch-katholischen Kirche die portugiesische Sprache im fernen Brasilien für verbindlich.

Wir nähern uns dem Nachtquartier - wieder ist es eine Turnhalle. Drinnen tobt das Publikum. Der Kontrolleur an der Türe gibt uns zu verstehen, dass das Basketball-Turnier noch nicht entschieden ist. In den Umkleideräumen sinken wir zu Boden. Nach zwei Stunden Schlaf betrachte ich meine Füße. Sie sind noch sehr geschwollen. Der Masseur des siegreichen Vereins rät mir, sie jeden Abend in einer Lösung aus Salzwasser und Weinessig zu baden, weil das die Spannung und die Entzündungen aus dem Muskelgewebe nimmt. Es hilft tatsächlich.

In der Nacht schnarchen zwei Männer zu laut. Kurz vor Mitternacht verbannen wir den einen in den Geräteraum, den anderen auf die Empore.

Die Verpflegung ist immer noch unzureichend. Gegen Morgen knurrt mein Magen. Auch Sigrid kann vor Hunger nicht mehr schlafen. Sie hat schon 768 Marathonläufe und Ultraläufe hinter sich, aber so schlecht ist sie noch nie verpflegt worden. Wir tasten uns vorsichtig zum Rucksack und wickeln vorsichtig einen Weihnachtsstollen aus der Folie.

27. April: 9. Etappe
Nach Magaz (92 km)

Mit verbissenen Gesichtern schauen wir auf die Streckenbeschreibung: 92 Kilometer. Gestern sind wir 84 Kilometer gelaufen. Das geht an die Substanz. O je. Manfred Leismann übernimmt als Schnellläufer die Führung unserer langsamen Gruppe. Schon nach einer halben Stunde ist er über alle Berge.

Um die Mittagszeit zieht der Rollstuhlfahrer Bernard an mir vorbei. Der einstige Fremdenlegionär ist durch einen Paraglider-Unfall querschnittsgelähmt. Dennoch neigt er zu waghalsigen Aktionen. Mit Tempo fünfzig jagt er eine abschüssige Strecke herunter. Ich sehe, wie auf der Gegenspur ein Traktor um die Kurve biegt, den ein Pkw überholen will. Der Pkw-Fahrer sieht Bernard und kann einen Frontalzusammenstoß in letzter Sekunde verhindern.

An der nächsten Steigung hole ich Bernard ein und ermahne ihn. Doch er grinst nur. Während er weiter vor mir herfährt, zeichnet sich unter dem schweißgetränkten Hemd sein muskulöser Oberkörper ab. Seine Hände sind durch dicke Handschuhe geschützt. Hinter ihm fährt sein früherer Kamerad Jacques das Wohnmobil, ein provisorisches Heim auf Rädern. Jacques ist ständig in Bernards Nähe, versorgt ihn an den Stationen mit Wasser und Nahrung.

Meine Füße brennen und quellen. Eigentlich bräuchte ich jetzt schon Schuhgröße 43. Woher soll ich die nehmen? Ich kann nichts kaufen, mir darf keiner helfen.

Die Landschaft lenkt mich ein wenig ab. Links und rechts der Straße dehnen sich die gelben Wucherblumen und die violetten Blüten des Natternkopfs aus. Der milde Blütenduft weckt alle Sinne und durchflutet den Körper. Hinter einer Biegung sitzt Peter Wimmer und knetet stöhnend seine Oberschenkel.

„Was ist los, Peter?" frage ich ihn.

„Fertig – Ende – Aus!" sagt er.

„Kann ich Dir helfen?"

„Lauf ruhig weiter. Für mich ist die Tour zu Ende."

28. April: 10. Etappe
Nach Burgos (82,9 km)

Wir kreuzen das Kerngebiet der baskischen Separatisten. Hoffentlich lassen sie uns passieren. Ein Anschlag auf den Trans-Europa-Lauf könnte weltweit für Schlagzeilen sorgen.

In Cordovilla läuft jemand im Zick-Zack-Kurs über den Bürgersteig. Der Oberkörper des Läufers knickt so weit nach links ab, dass sein Kopf beinahe die Mauervorsprünge der Häuser streift. Die Hände sind in der Henkelstellung erstarrt. Ich komme näher und rufe: „Helmut, bist Du es?"

Tatsächlich, es ist Helmut Schierke. Als junger Mann hat er im Segelboot den Atlantik überquert und als Tramper fünfzig Länder der Erde bereist. 1990 war er Europameister im 24-Stundenlauf. Jetzt ist er in höchster Gefahr, weil ein Teil seines Nervensystems abgeschaltet hat. Ich rufe: „Helmut, Du läufst schief."

Er lacht: „Mir geht es gut."

Erst als er sein Spiegelbild im Schaufenster sieht, bleibt er entsetzt stehen.

„Ich laufe ja wie ein Fragezeichen! Wieso habe ich das nicht gemerkt?"

Ich sage den Leuten am Versorgungsstand Bescheid. Sie müssen Helmut aus dem Verkehr ziehen. Ingo erzählt mir, dass Manfred Leismann und Don Winkley sich beinahe geprügelt hätten. Manfred habe nicht geduldet, dass Don von seiner Freundin zusätzlich verpflegt wird. Darauf sei Don wütend geworden und habe geschrieen:

„Du hältst Dich ja selbst nicht an die Regeln."

Bei diesem Friedenslauf geht es manchmal unsanft zu. Kleine Ereignisse am Rande werden zu Sensationen aufgebauscht, damit man was zu tratschen hat. Vielleicht braucht die Gruppe dieses „Dorfgespräch" für ihren Zusammenhalt.

Ich höre nach 22 Uhr, wie die Läufer im Dunkeln den Streit zwischen Manfred und Don kommentieren. Einer meint: „Manfred soll sich an die eigene Nase packen, denn er hat ja mehr Freiheiten als andere Läufer. Er übernachtet in seinem Privatwagen. Wir armen Schweine dürfen das nicht. Wir müssen das Husten, Pupsen und Schnarchen der Gruppe ertragen."

Allmählich baut sich zwischen den Läufern und Manfred eine Spannung auf, unter der seine Frau Brigitte zu leiden beginnt.

29. April: 11. Etappe
Nach Miranda de Ebro (79,7 km)

Um vier Uhr schälen sich die Frühstarter aus den Schlafsäcken. Die Spätstarter fluchen: „Warum könnt ihr nicht mal ein bisschen leiser sein!"
Ringsum sehe ich verquollene Augen. Widerwillig raffe ich meine Siebensachen zusammen. Als ich die kärglichen Frühstücksrationen sehe, meckere ich die Helfer an:
„Bringt mal was Ordentliches aufs Brett. Und zwar reichlich. Hiervon wird doch keiner satt. Auch ich habe viel Geld bezahlt."
Die Helfer schießen zurück: „Einen anderen Ton bitte. Sprich mit Ingo. Wir arbeiten hier freiwillig."
„Tut mir leid..."
Die zweispurige Nationalstraße steigt bergan. Ich laufe auf der linken Standspur und muss mein Körpergewicht so verlagern, dass mich der Fahrtwind der entgegenkommenden Vierzigtonner nicht in Richtung Fahrbahn zieht. Der beständige Anstieg kostet viel Kraft. Von Zeit zu Zeit strecke ich mich schweißüberströmt und mit zitternden Gliedern hinter Felsblöcken aus. Einmal ertappe ich mich dabei, wie ich auf die weißen Adern im Gestein starre, fast betäubt und nahezu willenlos. Doch der Puls beruhigt sich wieder. Ich rieche Lavendel und Thymian. Der Blick schweift über Wald- und Steineichen hinweg in das grüne Tal des Ebro. Meine Augenlider werden schwer und schwerer. Sicher wäre ich eingenickt, wenn der kalte Meereswind mich nicht aufgescheucht hätte. Das Blut in den Adern ist schon dickflüssig geworden, die Beine bewegen sich nur noch schwerfällig. Mit weit

vorgebeugtem Oberkörper wanke ich die ersten Meter voran, bis der Laufmotor wieder anspringt.

Wolfgang, der sonst so lebensfrohe Opernsänger, bringt heute kein Lied über die Lippen. Er schlägt sich von Zeit zu Zeit in die Büsche. Da schreit und flucht er laut. Das ist Montezumas Rache!

Werner Selch aus Amberg gesellt sich zu mir. Der hilfsbereite Kerl wollte Bernard in Portugal aus dem Rollstuhl helfen und zog sich dabei eine tiefe Schnittwunde am rechten dicken Zeh zu, die sich schon am nächsten Tag entzündete. Die Höhenluft setzt Werner zu. Er hat schon über hundert Ultraläufe hinter sich. Mit dem Trans-Europa-Lauf möchte er sich einen Lebenstraum erfüllen und tut nun alles, um die Wunde zu schonen. Sogar den rechten Laufschuh hat er aufgeschnitten.

Am Versorgungsstand hockt er sich nieder und starrt mit unbewegtem Gesicht vor sich hin. Ich frage ihn, womit er sich beim Laufen die Zeit vertreibt. Er schaut durch mich hindurch und sagt mit monotoner Stimme:

„Ich singe Weihnachtslieder."

„Aber Werner. Wir hatten doch erst Ostern."

Sein Blick wird nadelspitz:

„Und ich singe Weihnachtslieder, weil mir danach zumute ist. Weihnachtslieder. Verstehst Du?"

„Ja, ja. Ist ja schon gut."

Auch Martina Hausmann hat sich am Zeh verletzt. Die Weltmeisterin im 48-Stunden-Lauf ist eine zähe Natur, aber ihre Spezialität ist der Stadion-Rundenlauf, und das wirkt sich jetzt nachteilig aus. Vermutlich hat sie ihre Leistungsgrenze erreicht, denn sie klagt ständig, besonders über ihre Schmerzen am eiternden Zeh.

Am Abend ist die Halle noch von der Sonne aufgeheizt. Die Läufer sind abgekämpft. Viele liegen im Schlafsack, massieren sich die Beine.

Sigrid und ich fliehen vor dem Krankenhausgeruch nach draußen. Wir beschließen, im Ebro zu baden, lassen es aber wegen der Krokodile und Piranhas sein, die wir dort vermuten. Kurz vor dem Zapfenstreich hüpft Sigrid im Schlüpfer von Schlafsack zu Schlafsack und kitzelt die Schläfer mit einem Strohhalm wach.

Am Schwarzen Brett steht die Bilanz der ersten elf Tage: Von 44 Läufern sind inzwischen zehn ausgeschieden.

In der Nacht knacken Sigrid und ich unsere letzten Energieriegel. Solche Fressanfälle kommen auch bei anderen Läufern vor. Vor kurzem konnten wir nachts beobachten, wie Robert Wimmer eine rohe Pizza verschlang.

30. April: 12. Etappe
Nach Arrasate Mondragon (82,3 km)

Die felsige Landschaft ist von blendendem Sonnenlicht und Hitze erfüllt. Der Magen knurrt. Ich schreie die Bäume an:

„Es wird Zeit, dass die Fernsehreporter wieder auftauchen oder ein Vertreter der Firma Bayer. Dann ist der Tisch wie durch ein Wunder reich gedeckt und wir dürfen mit richtigem Besteck essen."

Die Baumwipfel nicken nur. Ich nehme an, sie geben mir Recht.

Joachim Hauser aus Endingen gehörte bisher zur schnellen Truppe. Den Hundert-Kilometer-Lauf hat er schon unter acht Stunden geschafft. Aber hier, wo es auf Erfahrung mit extrem langen Strecken ankommt, läuft er gesenkten Hauptes daher, wie ein Büßer auf dem Jakobsweg nach Santiago de Compostella. In mir regt sich ein Triumphgefühl. Vielleicht stammt es aus grauer Vorzeit, als dem Schnelleren noch die Beute gehörte. Mit einem freundlichen Gruß ziehe ich an Joachim vorbei. Der schaut mich nicht mal an.

Zwei Stunden später. Ich blicke mich um. Hilfe! Martina naht! Ihr Klagelied vom „faulen Zeh" kann ich nicht mehr hören. Fluchtartig renne ich schneller. Als sie weit abgeschlagen ist, singe ich herzerfrischende Wander- und Marienlieder. Morgen ist der 1. Mai.

Am Abend jammern und klagen viele Läufer. Einige laufen schon seit Tagen mit Blasen unter den Füßen. Typisch sind überstrapazierte Achillessehnen und Zerrungen der Bänder. Die Turnhalle gleicht einer Sanitätsstation. Es riecht nach Desinfektionsmitteln, Cremes, Kräutern, Salben und Ausdünstungen. Trotz Fußbad und Hautcreme sind meine Füße geschwollen. Eigentlich bräuchte ich jetzt schon Schuhe mit der Größe 43. Doch weder ich noch andere dürfen sie mir kaufen. Eine verrückte Bestimmung, an die ich mich da halten muss.

1. Mai: 13. Etappe
Nach St. Sebastian/ Donostia (88,5 km)

Dreizehn ist meine Glückszahl. Und Glück werde ich brauchen, denn die Strecke führt durch einen gefährlichen Tunnel. Am frühen Morgen hallen unsere Schritte in den engen Gassen von den Häuserwänden zurück. Ein Glöcklein bimmelt, doch sein Klang verliert sich rasch im Verkehrslärm der Hauptstraße. Wieder geht es steil bergan. Die Sonne scheint grell. Auf den Serpentinen wird es eng. Die Fahrzeuge fahren sehr dicht vorbei. Ihr Fahrtwind streicht mir um die Beine. Jeder falsche Schritt kann mich das Leben kosten. Es ist zu riskant, nach unten zu schauen. Immerzu achte ich auf die vorbei fahrenden Fahrzeuge. Tief unten schlagen haushohe Wellen des Atlantik dröhnend gegen die Steilküste. Hoffentlich sind alle Fahrer ausgeruht und schauen nicht zu lange aufs Meer.

Das Pappschild am Straßenrand zeigt an, dass wir tausend Kilometer gelaufen sind. Diesen denkwürdigen Augenblick zelebriere ich abseits vom Verkehrslärm, an einem schattigen Ort, mit freiem Blick auf die Bucht. Plötzlich fühle ich mich so leicht wie eine der Möwen, die sich über der Bucht um die Beute balgen. Doch schon nach wenigen Minuten holt mich der kalte Seewind in die Wirklichkeit zurück.

Talwärts verengt sich die Straße nochmals. Wenn hier jemand so liefe wie Helmut Schierke in Cordovilla, dann wäre er hin.

Der Tunnel kommt mir vor wie ein mordgieriger Schlund. Die Luft ist feucht und stickig. Das Scheinwerferlicht blendet. Vorsichtig schiebe ich mich an der Felswand entlang, bis sich die Augen an die grellen Scheinwerfer gewöhnt haben. Warum fährt man uns nicht mit einem Bus durch dieses Nadelöhr? Eine falsche Bewegung, und schon wäre ich an der Tunnelwand zermatscht.

Endlich ist die Röhre überstanden und die rettende Turnhalle erreicht. Werner Selch zeigt mir seinen wunden großen Zeh. Die Ränder der Verletzung haben sich fast geschlossen.
Martinas Verletzung ist nur noch ein grün-bläuliches Etwas. Wir raten ihr, einen Arzt aufzusuchen. Aber sie wartet auf Heilung und nervt uns mit endlosen Klagen.

2. Mai: 14. Etappe Nach Banesse/ Maremne in Frankreich (85,2 km)

Es riecht nach Tang und Fisch. Die Straßenlaternen werfen in der Morgenstille ihr gelbliches Licht auf die Segelschiffe im Yachthafen von St. Sebastian. Allmählich zieht sich das Läuferfeld auseinander.
Im Tunnel bricht sich das Motorengeräusch an den Felswänden. Wieder jagen die Fahrzeuge dicht vorbei. Das Atmen fällt schwer. Mein Gebet klingt wie ein moderner Psalm: „Herr, lass mich nicht taumeln, nicht wanken oder irre werden. Behüte die Fahrer vor Verwirrung und lasse keinen die Zeitung lesen, Wein trinken oder einschlafen. Amen."
Auf halber Strecke wird mir flau. Liegt es an der schlechten Luft oder an der kärglichen Verpflegung? Trinke ich zu wenig? Die Übelkeit verschwindet erst, als ich wieder ins Freie komme.
Der Lauf durch den Tunnel hat allen zugesetzt. Erschöpft hocken wir am Abend in der Turnhalle. Mit Verspätung wankt Martina in die Halle und wirft sich auf den Boden.
„Der Tunnel und die engen Straßen sind der reinste Selbstmord," schreit sie. Nachdem sie sich wieder

beruhigt hat, kommt sie zu dem Schluß: „Die Gesundheit kann mir keiner ersetzen. Es gibt ja noch was anderes im Leben. Lauft ohne mich weiter. Ich möchte noch ein paar schöne Jahre mit meinem Mann verbringen."

Während des delikaten Abendessens, mit dem der Bürgermeister von Tyros uns in Frankreich begrüßt, mache ich mir Gedanken um Sigrid. Sie kommt doch sonst nicht so spät. Wir machen uns schon fertig für die Nacht, da humpelt sie herein, Beine und Arme verschrammt, völlig in Tränen aufgelöst.

„Ich bin dem Tod von der Schippe gesprungen. Ein LKW hätte mich fast gegen die Leitplanke gedrückt. Ich kann nicht mehr... ich will nicht mehr."

Es dauert lange, bis sie weitersprechen kann:

„Ich musste über die Leitplanke springen, bin einen Steilhang runter gerutscht und irgendwo hängen geblieben. Dabei habe mir wohl ein paar Rippen gebrochen."

Wir beruhigen sie. Ingo eilt herbei. Er verspricht, sie am nächsten Morgen ins Krankenhaus zu fahren. Ingrid Rücknagel-Böhnke reibt Sigrid vorsichtig mit Salbe ein. Es wird eine unruhige Nacht.

3. Mai: 15. Etappe
Nach Lobouheyre (87,5 km)

Von den Hügeln genieße ich einen weiten Rundblick über das blaugrüne Wasser des Atlantik. In der Ebene herrscht der Weinanbau vor. Die Dörfer wirken wehrhaft. Dicke Mauern mit schmiedeeisernen Toren umgeben die zahlreichen Villen und Landhäuser. Der trutzige Baustil, so erläutert mir ein Spaziergänger,

stammt aus der Zeit, in der die Seepiraten die Küsten-
dörfer überfielen. Auffallend hübsch und gepflegt sind
die Dörfer hier, bestechen durch Fachwerkhäuser mit
kunstvoll geschnitzten Balustraden. Immer wieder
muss ich an Sigrids Unfall denken. Sie ist dem
sicheren Tod ausgewichen und wurde deshalb aus der
offiziellen Läuferliste gestrichen. Was haben die Ver-
anstalter sich dabei gedacht? Aber schließlich tröste
ich mich damit, dass sie nur aus einer offiziellen
Wertungsliste und nicht aus der Liste der Lebenden
gestrichen wurde.

Der Luftsog der vorbeirasenden Lastkraftwagen zieht
mich wieder in Richtung Fahrbahn. Wir halten auf
Biaritz zu. Nach dem Höllenlauf durch die Pyrenäen
genieße ich den Blick auf die Küste.

Meine Füße werden täglich dicker. Dann und wann
schiele ich nach Sportgeschäften. Aber ich darf die
Strecke ja nicht verlassen.

Am Abend erfahren wir, dass Sigrid wegen schwerer
Prellungen in der nächsten Zeit nicht mitlaufen darf.
Sie bleibt trotzdem bei uns. Neue Laufschuhe darf sie
mir nicht besorgen. Das ist zwar schwachsinnig, aber
unabänderlich.

Am Abend suche ich meine Eimer fürs Fußbad.
Immer mehr Leute schwören auf die Salz-Essig-
Lösung.

4. Mai: 16. Etappe.
Nach Talence (87.3 km)

Neugierig gehe ich ein großes Zelt. Die Tische sind
voll mit Schinken, Würsten und Käse, Baguette,
langen Brotlaiben, Schwarzbrot auf flachen Holz-

tellern und echtem Geschirr. Ich lange zu, esse was ich zu fassen kriege. Als ich wach werde, fällt mir ein, dass ich vegetarisch lebe.

Bevor ich mit knurrendem Magen ins Rennen gehe, gebe ich der Versorgungsmannschaft meine Kleidung zum Wechseln mit, denn der Wetterbericht hat Regen gemeldet. Schon nach 25 Kilometern höre ich Roberts aufmunternde Stimme. Er tippt mir auf die Schulter: „Hallo, Brigitta."

Mühelos zieht er an mir vorbei, seine Füße scheinen den Boden kaum zu berühren. Wenn er so weiterläuft, wird er tatsächlich Sieger. Ich fühle mich so lahm.

Ein Bauer, der mit seinem Traktor durch ein Weinfeld fährt, hat mich entdeckt. Er fragt nach dem Woher und Wohin. Wenn ich mir schon die Mühe mache, durch diese herrliche Gegend zu laufen, so sagt er in kaum verständlichem Französisch, dann solle ich auch etwas über ihre Besonderheiten erfahren. Ich höre heraus, dass der Kiesboden die Grundlage der Bordeaux-Weine ist. Ihre Rebstockwurzeln müssten sich erst zehn Meter tief in den Boden graben, ehe sie Wasser finden; dabei entstehe das erlesene Aroma.

In den Weinfeldern ringsum biegen und binden die Bauern und ihre Helfer die Rebstöcke. Sie tragen wattierte Jacken gegen die Kälte. Von allen Seiten schallen laute Stimmen:

„Bonjour, Madame. Wohin laufen Sie, Madame?"

„Nach Moskau."

Ein Arbeiter sagt:

„Ah, wie einst Napoleon?"

„No, no", rufe ich, „wir versuchen es mit friedlichen Mitteln." Er lacht, andere Arbeiter drängen sich an den Zaun, schütteln mir die Hand und wünschen alles

Gute. Verstohlen schaue ich nach links und rechts. Nein, es gibt noch nichts zu stehlen in den Obstgärten. Wo werden wir diese Nacht schlafen? Am billigsten wäre wohl ein Bunker vom einstigen Atlantikwall, der im Zweiten Weltkrieg die Landung der Alliierten zwischen Brest und Biarritz verhindern sollte.

Vermutlich gibt es heute Abend in der Turnhalle wieder Streit um die besten Trockenplätze. Man wird sich an der Sprossenwand gegenseitig die Wäsche weghängen. Sollte es so kommen, werde ich einfach die Springseile aneinander knoten, an den Ringen befestigen und sie als Wäscheleine samt Wäsche unter die Hallendecke ziehen, wo sie keinen stören. Oder wir spannen wieder mal das Volleyballnetz und hängen die feuchte Wäsche drüber.

War das - ein paar Abende zuvor - ein Theater. Die Japaner hatten es gewagt, im Geräteraum der Halle ihre Buntwäsche zu trocknen. Dabei fielen ein paar Wassertropfen auf den Parkettfußboden. Sigrid regte sich so auf, als gehöre ihr die Halle.

In der Ferne ragen die ersten Wohnklötze von Bordeaux aus dem Dunst der Küstenebene. Mit erhöhtem Puls quäle ich mich die mehrspurigen Ringautobahnen entlang, erreiche die Innenstadt. Zahllose Presslufthämmer fressen sich durch den Straßenbelag. Bei aller Neubauwut ist doch zu erkennen, dass die Stadtviertel von historischen Gebäuden geprägt sind. Pardon, Bordeaux, dass ich Deine Schönheit nicht würdigen kann. Eines Tages komme ich wieder und schaue Dich in Ruhe an. Jetzt muss ich auf die Hinweispfeile achten.

Ein paar Halbwüchsige drücken sich an den Bushaltestellen herum, starren mich mit frechen Blicken

an. Mariko ist auf einmal hinter mir. Sie fühlt sich unsicher, weil sie die lateinische Schrift nicht lesen kann. „Can I go with you?" - "Na, klar, Mariko."
Wir schlängeln uns durch das Gewirr von Baustellen, Absperrungen und Umleitungen. In der Turnhalle ist der Esstisch leergefuttert. Niemand ist da, dem man dafür eine runterhauen könnte. So scharre ich grimmig die letzten Krümel zusammen, sogar noch angetrocknete Nudeln. Vor dem Schlafengehen durchwühle ich vergeblich den Seesack nach Energieriegeln.

5. Mai: 17. Etappe
Nach Barbezieux St.Hilaire (91,2 km)

Die Halle riecht nach Bohnerwachs und feuchter Wäsche. In der Nacht trommelt der Regen aufs Hallendach. Reino Uusitalo, der Läufer aus Finnland, ist vor einigen Jahren in drei Wochen von Nordfinnland bis in den finnischen Süden gelaufen. Doch beim Anblick der herabstürzenden Regenmassen sagt er: „Leute, das war's. Ich hab' genug."
Er schenkt jedem Teilnehmer zum Abschied ein T-Shirt mit seinem Logo.
Wie soll ich mich gegen den dichten Regen schützen? Ich werfe alle trockene Kleidung in die Kiste für das Versorgungsfahrzeug und ziehe gleich zwei Jacken an. Gegen neun wird der Himmel von tief herabhängenden Wolken verdunkelt. Die Straßen, die Boulevards, die Avenuen sehen aus, als seien sie überschwemmt. Der Regen läuft mir in den Kragen hinein und aus den Ärmeln wieder hinaus. Die Autos scheinen zu schwimmen.

Am nächsten Versorgungsstand schwätze ich so lange mit Bernards Betreuer, bis er mir seine Jacke leiht. Doch auch sie saugt sich voll und klebt wie ein nasser Teppich auf der Haut.

Habe ich mir etwas Unmögliches vorgenommen? Hatte Frau Neis vom Reisebüro doch recht? Die Kekse und Schnittchen am Versorgungsstand sind halb aufgeweicht. Egal. Rein damit. Eine Ultraläuferin muss einer solchen Lage gewachsen sein.

Die japanische Laufgruppe ist am Morgen in eleganten, weißen Trainingsanzügen angetreten. Jetzt klebt den Läufern die Kleidung grau und schmutzig auf der Haut. Wie auf ein Kommando biegen sie in ein Shopping-Center ab. Kurz darauf erscheinen sie wieder, in aufgeschlitzten Müllsäcken.

Warum dürfen die sich Dinge kaufen und ich nicht?

Der dichte Regen kann den jungen Mann nicht hindern, mit dem Fahrrad neben mir herzufahren. Nachdem er sich vergewissert hat, dass ich Trans-Europa-Läuferin bin, überreicht er mir eine Flasche Cola aus dem Kasten auf seinem Gepäckträger und erklärt, dass er jedem Läufer eine Cola schenken möchte. Er ist der erste bekennende Trans-Europa-Lauf-Fan, der mir in Frankreich begegnet.

Es schüttet ohne Ende. Ich schaue von der historischen Stahlbrücke auf die Garonne, deren Fluten die Uferlandschaft überschwemmen. Die ockerfarbenen Schlammmassen und das schwere Treibgut ziehen in Richtung Atlantik. Am Ende der Brücke hockt eine Gestalt. Es ist der Cola-Mann. Sein Fahrrad hat einen Platten.

Am Versorgungsstand begrüße ich Thomas Dornburg aus Freudenstadt. Der begeisterte Langstreckenläufer widmet uns ein paar Tage seines Urlaubs. Er bietet uns Kaffee an, den eine Französin gekocht hat, die im Radio von uns hörte. Ich bin nass bis auf die Haut. Mein Vorrat an Jacken ist erschöpft. Jetzt habe ich keine Wahl mehr. Ich muss das langärmelige T-Shirt anziehen und den Regen ertragen.

„Herr, schick uns die Sonne," bete ich. Und schon kommt sie hervor. An der nächsten Station gibt es warme Rindfleisch- und Ravioli-Konserven. Thomas sagt, er habe Ingo klargemacht, dass der Vorsitzende des Vereins auch für das körperliche Wohl der Läufer verantwortlich sei. Es gehe nicht, dass sich die Sportler tagsüber nur von Keksen und Broten ernähren. Mal sehen, ob es was nützt. Ein Lichtblick ist die Halle, in der wir untergebracht werden. Auf den teuren Judo-Matten schlafe ich wie ein Murmeltier.

6. Mai: 18. Etappe
Nach Ruffec (82, 9 km)

Die Regentropfen fließen in kleinen Rinnsalen die Glastüre der Turnhalle hinunter. Meine Kleidung ist noch nicht ganz trocken. Ich stecke sie so in die Seesäcke und lade sie auf den Transporter.

In meinem Cape, die Kapuze bis auf ein kleines Guckloch zugeschnürt, folge ich mit verkniffenem Gesicht den Pfeilen der Streckenmarkierung. Über die öde Ebene braust der Wind in kalten Böen dahin; er kann aber die Wolken nicht vertreiben.

Um die Mittagszeit telefoniert Stefan Schlett in einer Telefonzelle mit seinen Lieben in Kleinostheim. Eine halbe Stunde später hat er mich eingeholt und entkorkt eine Flasche Rotwein mit den Zähnen.

„Trink einen mit, Brigitta. Manchmal kann ich diesen Lauf nur im Suff ertragen."

Martina sitzt im Versorgungswagen und starrt vor sich hin. Stefan bietet ihr einen Schluck Wein an. Sie schüttelt sich nur.

Der Italiener Aldo Marazina ist ein Spezialist für Mehrtagesläufe. Jetzt merkt der muskulöse Mann, dass er den Laufrhythmus auf lange Distanzen umstellen muss. Bergauf überhole ich ihn. Er sagt, sein Magen schmerzt und seine Füße wollen nicht recht. Doch auf den Geraden humpelt er an mir vorbei, bis ich ihn beim nächsten Anstieg wieder erwische. So vertreiben wir uns die Langeweile.

Walter Zimmermann, der „laufende Postbote" aus Marktheidenfeld, ist schon vierzig Mal die Hundert-Kilometerstrecke gelaufen. Ich kenne ihn als witzigen Kerl, voller Lebenslust und Energie. Jetzt sitzt er im Versorgungswagen und starrt mit leerem Blick durch die Windschutzscheibe.

„He, Walter. Was ist los?" frage ich.

„Ich will nicht mehr," sagt er langsam.

„Hast Du was an den Füßen?"

„Ich will nicht mehr."

Behutsam schließe ich die Wagentüre. Wieder haben wir einen guten Läufer verloren.

Am Zielpunkt dröhnt die Aerobic-Musik wie Hohn in meinen Ohren. Eine Tanzgruppe trainiert noch. Wir dürfen noch nicht in die Halle.

In den Gängen und Duschräumen liegen die Erschöpften. Wer ankommt, lässt sich fallen und bleibt eine Zeitlang wie tot liegen. Nach der Erholungsphase schleppen wir uns in ein anderthalb Kilometer entferntes Restaurant, schlingen die Mahlzeit in uns hinein. Brennstoff, Hauptsache Brennstoff.

7. Mai: 19. Etappe
Nach Bonneuil-Matours (83,4 km)

Während der Nacht pfeift der Sturm durch alle Ritzen und lässt die losen Bleche auf dem Dach klappern. Wir müssen am Morgen die Hallentüre zu zweit aufdrücken. Ich ducke mich unwillkürlich unter der Gewalt des Sturmes. Der Himmel ist eine einzige dunkle Schale, aus der es dröhnt und pfeift. Meine Zähne klappern vom eisigen Regen. Die Kronen der Bäume wanken bedrohlich. Abgebrochene Äste und zerbrochene Dachpfannen liegen in den Straßen. Als ich die schützenden Mauern verlasse, reißt mich ein Windstoß von den Beinen. Mühsam laufe ich gegen den peitschenden Regen. Schon um die Mittagszeit lassen die Kräfte nach. Erst 1500 Kilometer sind geschafft.
Auf der Standspur wanke ich den Fahrzeugen entgegen. Der Sturm schiebt mich in Richtung Fahrbahn. Vier Lkw rasen so dicht hintereinander, als seien sie miteinander verbunden. Kaum hat mich der erste Truck erreicht, da wirft mich der Luftdruck zu Boden. Zum Glück kann ich mich zur Wiese hin abrollen.
Der donnernde Lärm tötet den letzten Nerv. Jetzt brauche ich eine windgeschützte Ecke, in der ich mich von dem Schreck erholen kann. Die Spätstarter ziehen vorbei, lachen und scherzen. Die sind verdammt gut drauf. Ich aber fühle mich so elend. Meine Trinkflasche ist leer. Wo finde ich Wasser? Vielleicht in Le

Dogne, dem nächsten Dorf? Pech gehabt. Hier herrscht Mittagsruhe.

Vor dem Friedhof sagt eine Bank zu mir, komm, Brigitta, ruh dich aus. Schwerfällig plumpse ich auf das harte Holz und schaue den Wolken zu. Ich will nur ausruhen, nicht einschlafen.

Nach einer geraumen Zeit wache ich auf und schrecke hoch. Meine Schuhe sind zu eng. Ich muss sie aufschnüren. Langsam setze ich einen Fuß vor den anderen. Jeder Schritt schmerzt. Alexa Schättli, die Freundin von Martin Wagen, eilt mir zu Fuß entgegen:

„Mensch, Brigitta. Wo hast Du gesteckt?"

„Ich bin drüben am Friedhof eingeschlafen. Die Füße sind so angeschwollen, dass die Schuhe nicht mehr passen. Ich brauche Schuhgröße 43."

„Hast Du ein Paar in Reserve?"

„Nein. Kannst Du mir ein Paar auf die Schnelle besorgen?"

„Du weißt doch, dass das verboten ist."

Gleich um die Ecke parkt das Versorgungsfahrzeug. Alexa fragt: „Kannst Du denn in den engen Schuhen weiterlaufen? Oder willst Du ins Auto einsteigen?"

Ich setze mich auf die Rückbank des Fiesta, zwischen Brot, Konservendosen, Obst und Trinkflaschen. Alexa will mich trösten, weil ich aus der offiziellen Wertung gestrichen und in der Sonderwertung geführt werde. Nein, ich brauche keinen Trost. Auf irgendeine Weise werde ich mir die Laufschuhe Größe 43 schon noch besorgen. Ich brauche nur Zeit, um mir einen Plan auszudenken. Zuerst bete ich mal ne Runde. Vielleicht weiß der da oben, wo es hier in der Gegend die passenden Laufschuhe für mich gibt.

Zur Mittagszeit hocke ich voller Tatendrang neben Ingo am Versorgungsstand, warte auf die Läufer. Auf dem Tisch stehen Wasserflaschen und Plastikbecher, etwas Obst und belegtes Brot.

Die Japanerin Hiroko Okiyama läuft schon seit zehn Jahren ultralange Strecken bis 500 Kilometer. Jetzt soll sich ihr Körper auf die zehnfache Distanz einstellen. Sie schleicht heran. Mit Tränen im Gesicht deutet sie auf ihre Oberschenkel. Ingo reibt ihre Beine mit Eisgel ein und kühlt zusätzlich mit Eiswürfeln. Ihre Muskeln sind geschwollen. Doch eine Japanerin gibt so schnell nicht auf. Sie erhebt sich, schaut auf die Uhr und läuft mit Schlagseite weiter.

Vom Beifahrersitz könnte ich die Landschaft mit den bunten Lavendelfeldern und den schmucken Häuschen von Herzen genießen. Doch ich koche innerlich. Mir ist noch nicht eingefallen, wie ich die Schuhe besorgen soll. Bis die rettende Idee kommt, versorge ich die Läufer und betrachte den Lauf mal aus einem neuen Blickwinkel. Am Nachmittag plaudere ich mit Ingrid Böhnke am Versorgungsstand. Plötzlich sagt sie: „Brigitta, da hinten kommt Robert Wimmer. Er hält die Spitze. Frag' ihn mal, was er haben möchte." Ich gehe ihm entgegen und rufe:
„Robert, was möchtest Du? Pudding, Joghurt, Fisch?"
Er füllt wortlos seine Trinkflasche und hetzt weiter.

<u>8. Mai: 20. Etappe</u>
<u>Nach St. Branchs (78,4 km)</u>

Ingrid und ich sitzen auf Klappstühlen plaudernd am Straßenrand und warten auf die Läufer. Da sinkt mein Stuhl im weichen Boden ein, und ich falle seitwärts in die Brennnesseln. Ingrid kreischt zuerst vor Schreck, lacht dann aber so herzhaft, dass ich mitlachen muss. Während es mich im Nacken, an den Armen und Beinen juckt, spielt eine Blaskapelle in der Nähe eine schwermütige Melodie. Kurz darauf marschiert eine geschlossene Formation festlich gekleideter Menschen auf der Straße an uns vorüber. Ein Fahnenträger geht vorneweg, mit der Trikolore als Standarte. Im Vorbeigehen sehen wir Ordensabzeichen auf jeder Männerbrust.

„Was hat das zu bedeuten?" fragt Ingrid.

Mir fällt ein, dass der 8. Mai in Frankreich ein Nationalfeiertag ist, an dem der Gefallenen des 2. Weltkrieges gedacht wird. Diese Marschierer kehren wohl von einer Gedenkfeier auf dem nahen Friedhof zurück. Drei Männer scheren aus dem Verband und fragen, warum wir hier am Straßenrand sitzen. Als sie „Europa-Lauf" hören, hellen sich ihre Mienen auf. Nun kommen sie alle herbei und wünschen uns eine glückliche Ankunft in Moskau.

Nach Ouques (98,7 km)

Heute betreue ich den Rollstuhlfahrer Bernard. Er kommt mit verschrammten Armen im Reserve-Rollstuhl an den Start. Auf meine Frage, warum er nicht mit dem alten Rollstuhl fährt, gibt Bernard keine Antwort.

Verwundert setzte ich mich zu Jacques ins Begleitfahrzeug. Er und Bernard waren einst gemeinsam in der Legion. Jacques will nicht verraten, warum Bernard sich heute so komisch verhält. Neben Jacques hockt Melody, Bernards Hund, der glaubt, ihm gehöre der Beifahrersitz allein. Es dauert eine Weile, bis ich mich durchgesetzt habe. Als der Hund sein Herrchen fortfahren sieht, fiept, bellt und winselt er, dass mir die Ohren schmerzen. Bernard treibt sein Gefährt mit kräftigen Armschwüngen voran. Die Strecke steigt bergan. Wir bleiben im Abstand von hundert Metern hinter ihm. Nach fünf Kilometern überholen wir ihn, halten nach weiteren fünf Kilometern am Versorgungsstand an. Zwanzig Minuten später rollt Bernard auf uns zu. Wir steigen aus dem Auto. Der Hund muss drinnen bleiben, damit er bei dem dichten Verkehr nicht unter die Räder kommt. Jacques hält eine Karaffe mit Wasser bereit, ich halte eine geschälte Banane. Dann geht es schnell, wie beim Boxenstop. Jacques füllt Bernards Wasserflasche auf, ich schiebe ihm ein Stück Banane in den Mund. Er könnte sie gar nicht halten, so fest sind seine Hände bandagiert.

Bernard nickt zufrieden, winkt dem Hund zu und rollt weiter. Aber Melody drängt nach draußen, als wir wieder einsteigen wollen. Irgendwie können wir das arme Viech beruhigen.

Jacques ist noch bei der Legion. Er freut sich, dass ich ihn entlaste, denn er hat vieles gleichzeitig zu tun: Bernard beobachten, den Hund betreuen, die Markierungszeichen erkennen, die Karte lesen, die Versorgung sicherstellen. Er sagt, wegen seiner Herzprobleme könne er das nicht mehr lange durchhalten. Wir überholen Bernard und warten dann an der nächsten Versorgungsstelle. Ich schiebe ihm beim Halt die nächste Banane und etwas zum Knabbern in den Mund, fülle seine Wasserflasche. Er rast wie der Teufel davon. Heute soll es mir recht sein, denn ich habe einen Plan.

In der Nähe der nächsten Haltestation entdecke ich ein schmuckes Dorfkirchlein. Mit aller Kraft öffne ich die schwere Eichentüre. Knarrend gibt sie nach. Ehrfürchtig trete ich in das halbdunkle, kühle Kirchenschiff. Der Altar wird von ein paar Kerzen schwach erhellt. Der Gekreuzigte hängt überlebensgroß an der Wand. Auf einem Nebenalter trägt eine bunte Madonna das Kind auf dem Arm. Ich knie mich in die erste Bank und bete wie Don Camillo:

„Herr Jesus, ich brauche neue Schuhe, Laufschuhe, Größe 43, aber nicht solche Latschen wie Du damals hattest. Bessere. Amen und Tschüß."

Ich sehe, dass Carlos Machado, ein laufbesessener brasilianischer Pilot, seinen Versorgungsstand auf dem Vorplatz herrichtet. Carlos, der die 100 Kilometer schon unter sieben Stunden gelaufen ist, trägt drei Wolljacken, weil er so schnell friert. Ein Blick genügt und schon schenkt er mir eine Tasse Kaffee ein. Das ist etwas Besonderes, denn Ingo bietet keine heißen Getränke an. Eine Stunde früher als geplant schießt Bernard durchs Ziel. Mir fällt ein Stein vom Herzen.

Jetzt habe ich ein paar Stunden frei und zigeunere durch Ouques. Am Telefon verspricht mir meine Freundin Antonie, in Mettmann für mich Laufschuhe zu kaufen und sie an Brigitte Leismann zu schicken. Brigitte wird mir die Schuhe am 16. Mai mitbringen, wenn sie ihren Manfred in Belgien besucht.

Auf einem Spielplatz erkläre ich zwei Mädchen mit Zahnspangen, dass ich dringend Laufschuhe brauche. Sie begleiten mich zu einem Gemischtwarenladen, der auch Sportschuhe führt, was aber von außen nicht zu erkennen ist. Die Verkäuferin muss zu einem Regalbrett hinauf klettern, das sich unter der Last der Waren biegt. Sie greift nach einem Schuhkarton. Es sind Herrenlaufschuhe der Marke Adidas, Größe 43. Sie passen.

In der Halle tanze ich vor Glück wie ein Funkenmariechen. Doch die alten Hasen warnen mich: „Lauf nicht mit neuen Schuhen. Du reibst Dir die Haut auf." Zuversichtlich schreibe ich an die Walking- und Talking-Gruppe 09 Puderbach:

„Konnte heute neue Laufschuhe kaufen. Laufe morgen früh wieder mit. 98 Kilometer sind angesagt."

Am Abend stelle ich Bernard zur Rede:

„Mit Dir stimmt doch was nicht. Was war los?"

„Tut mir leid, Brigitta. Ich war noch geschockt von meinem Unfall. Gestern hat mich ein Traktor samt Rollstuhl in den Graben geschubst. Der Rollstuhl ist hinüber. Bis Moskau darf nichts mehr passieren, denn einen dritten Rollstuhl habe ich nicht."

Na, denke ich im Stillen. Wir haben die schlimmsten Straßenverhältnisse im Osten noch vor uns. Da kenne ich mich aus.

10. Mai: 22. Etappe
Nach Auneau (92 km)

Was für ein Gefühl. Ich bin wieder auf der Piste. Die anderen klagen über den Regen. Meinetwegen kann es Steine regnen. Ingo muss mich in die Sonderwertung nehmen.

Die hügelige Landschaft mit ausgedehnten Raps- und Lavendelfeldern und den üppigen Gärten ist jetzt eine Freude fürs Auge. Vor den Haustüren und auf dem freien Feld wuchern die Rosen. Wir durchqueren das

51

Gebiet der Loire, den Garten Frankreichs, in dem die feine Küche und die gehobene Esskultur zum Alltag gehören. Und ich ernähre mich wie ein Banause. Nicht meckern, Brigitta. Du hast es so gewollt.

In dem Städtchen Bisto senkt sich vor mir eine Bahnschranke. Das ist Gift für den Rhythmus. Ich will weiter, äuge nach links und nach rechts. Ob ich noch schnell über die Gleise huschen soll? Eben will ich losspurten, da tippt mir jemand auf die Schulter. Ein freundlicher, junger Mann steht neben mir, hält in der Hand eine Banane.

„Madame, sind Sie eine Europa-Läuferin?"

„Ja."

Er überreicht mir die Banane so feierlich, als sei es ein Blumenstrauß und bedauert, dass er mir sonst nichts schenken kann. Was er sonst noch sagt, geht im rhythmischen Rattern des Schnellzugs unter.

Am Nachmittag schießt mein „Leibfotograf" Tanabe schon wieder rückwärts laufend eine Bildserie. Seine Schuhsohlen sind beinahe abgewetzt. Herr im Himmel, befreie mich von dem Kerl.

Kurz drauf setzt heftiger Regen ein. Tanabe sucht etwas auf einer Müllkippe. Am Abend läuft er durchs Ziel, behängt mit einer verschmutzten Mülltüte.

Das Abendbrot vom Partyservice macht selbst die genügsamen Japaner nicht satt. Sie kochen mit dem Spirituskocher eine große Portion Reis. Ingo schaltet pünktlich um 22 Uhr das Licht aus. Wir nehmen dankbar ein paar Reisbällchen von den Japanern an.

11. Mai: 23. Etappe
Nach Marly le Roi (82,4 km)

Als Initiator und Zweiter Vorsitzender des Vereins „Trans-Europa-Lauf" erwartet Manfred Leismann, dass wir heute Abend in der Stadt Marly le Roi mit einem Trompetensolo empfangen werden. Schließlich sind Marly le Roi und Manfreds Vaterstadt Leichlingen-Witzhelden durch eine Städtepartnerschaft verbunden. Ein Festbankett käme uns gerade recht.

Unterwegs begegnet mir wieder mal Stefan Schlett. Ich weiß nicht, was ich an dem Kerl mehr bewundern soll, seine Vielseitigkeit, die Anzahl seiner Titel oder seine Gelassenheit. Im Lauf- und Radsport, beim Schwimmen, Segeln und Inline-Skating hat er international anerkannte Spitzenleistungen erbracht. Dabei hat er die Ruhe weg, nimmt sich Zeit für eine Tasse Kaffee oder für ein Schwätzchen.

Auf der Landstraße grüßen die Radrennfahrer. Es ist nur eine kleine Geste, aber sie zeigt, wie sehr Sportler sich gegenseitig respektieren.

Heute steht auf dem Spielplan von Wolfgang Schwerk „Madame Butterfly". Leider bekomme ich nur ein paar Arien mit, so schnell zieht der Sänger an mir vorbei.

In Marly le Roi öffnet uns eine Putzfrau die Türe des Sportzentrums und deutet auf plastikverschweißte Fertiggerichte in einer großen Warmhaltewanne. Das soll unser Festbankett sein? Manfred zieht ein langes Gesicht. „War wohl nichts mit dem Trompetensolo?" spotten wir. Manfred zieht sich gekränkt zurück.

Zwei Stunden später tragen Männer große, graue Kisten auf die Empore. Porzellanteller klappern, es riecht nach gebratenem Fleisch und frischen Backwaren.

Höflich bittet man uns nach oben. Die Firma Bayer, Filiale Paris, lädt zum Festmahl. Es gibt Fleisch in Hülle und Fülle, Schinken, Kartoffeln, ganze Berge von Salat, Käse und eine Nachspeise mit Eis und Rotwein. Wir tafeln buchstäblich wie Gott in Frankreich. Ist Bayer für die Partnerstadt eingesprungen, um die Stimmung zu retten?

12. Mai: 24. Etappe
Nach Orry la Ville (69,4 km)

Die Schnellläufer haben einen „Waffenstillstand" vereinbart. Sie werden heute nicht um die Wette laufen, sondern gemeinsam den Weg durch die Vorstädte von Paris suchen. Bravo. Genau das entspricht dem Sinn des Friedenslaufs: aufeinander zugehen.

Nur zwei Kilometer entfernt strotzt ein riesiges, gelbes Gebäude, von majestätischen Parkanlagen umgeben. Es ist das Schloss von Versailles.

Mit achtzehn habe ich es zum ersten Mal gesehen, doch damals interessierten mich die Jungs mehr. Was der alte Reiseführer in das eine Ohr hinein geschwatzt hat, kam am anderen Ohr wieder heraus. Jetzt bin ich hierhin gelaufen, habe mir Schritt für Schritt ein eigenes Bild von Europa gemacht. Inzwischen weiß ich, dass Versailles ein zentraler Ort der europäischen Geschichte ist. 1871 wurden die besiegten Franzosen vom Preußenkönig gedemütigt, als er sich hier, im nationalen Heiligtum der Franzosen, zum Kaiser der Deutschen ausrufen ließ.

1919 revanchierten sich die Franzosen mit dem berüchtigten Vertrag von Versailles, der Deutschland entmachtete, verkleinerte und fast ruinierte.

Inzwischen sind wir gute Nachbarn. Doch bis dahin war es ein langer Weg. Noch immer verwahre ich zwei Fotos. Auf dem ersten reichen sich der französische Staatspräsident de Gaulle und Bundeskanzler Adenauer die Hände. „Wir werden sie auf Europa vorbereiten," steht darunter. Das andere Foto zeigt Bundeskanzler Helmut Kohl und den französischen Staatspräsidenten Francois Mitterand, Hand in Hand vor dem Denkmal in Verdun.

13. Mai: 25. Etappe
Nach Soissons (87.5 km)

In einem Hauseingang sitzt weinend Kasuko, den Kopf auf die aufgeschürften Knie gestützt.

„Oh, Kasuko. Can I help you?"

„Thank you," sagt sie und versucht sogar, zu lächeln.

Nun gut, denke ich. Wenn Du keine Hilfe brauchst, laufe ich alleine weiter. In Soissons erreiche ich gegen Abend das Sportzentrum, das mit einer großzügigen Reit- und Hotelanlage ausgestattet ist. Nirgendwo ist eine Turnhalle zu sehen. Darum vermute ich, dass wir im Hotel untergebracht werden.

Pustekuchen. Um 22 Uhr liegen wir in der Reithalle. Ich schütze mich mit Mütze, Schal und Wollhandschuhen gegen die Kälte. Mir fehlt nur noch der Mundschutz gegen Sägespäne. In der Nacht höre ich das leise Mahlen der Pferdezähne beim Haferfuttern, lautes Wiehern und krachende Huftritte gegen die Boxenwände.

Das weckt Erinnerungen an meine Kindheit in Ostpreußen. Ich höre meine Mutter erzählen, wie sie im
Januar 1945 aus der Nähe von Allenstein fliehen
musste, bevor die Russen kamen. Aber die Flücht-
lingstrecks wurden von der Roten Armee eingekesselt,
niedergewalzt und brutal zusammengeschossen. Mutter ist nicht über die vereiste Ostsee geflohen. Das war
ihr mit zwei kleinen Kindern zu riskant. Man bot ihr
eine Schiffspassage mit dem Rot-Kreuz-Schiff „Wilhelm Gustloff" an. Auch das war ihr zu gewagt. So
entschloss sie sich zur Rückkehr.
Die „Wilhelm Gustloff" wurde wenige Tage später
von einem russischen Torpedo versenkt. Der Name
Ostpreussen verschwand. Aus Allenstein, dem Ge-
burtsort meines Vaters Leo, wurde Olsztyn.

14. Mai: 26. Etappe
Nach Montcornet (75,5 km)

Die Morgenluft riecht nach Schnee. Ich zupfe Sägespäne aus meiner dunklen Wollmütze. Auf der
Wasserschüssel hat sich eine dünne Eisschicht ge-
bildet.
Die Asiaten sind eine Gruppe für sich. In aller Frühe
versammeln sie sich regelmäßig um einen mit Blumen
geschmückten Kessel und trinken ihren Morgentee.
In der Boxengasse wird eine Mischung aus Kakao,
Kaffee und Honig zum Frühstück angeboten. Das mag
trinken, wer will.
Hoffentlich bringt Brigitte mir die Laufschuhe mit,
denke ich, während ich mir am ersten Versorgungsstand eine matschige Banane in den Mund schiebe.
Ingo hat etwas von seinem Schwung verloren. Er

wirkt überanstrengt und schaut düster. Hoffentlich steht er das Unternehmen durch.

Es ist schon halb elf. Was ist los mit Kazuko? Um diese Zeit hat sie mich sonst längst überholt. Ob sie schon wieder gestürzt ist? Für eine geschwächte Läuferin kann jedes Schlagloch zur Stolperfalle werden. Mensch, habe ich einen Hunger! Soll ich mir im Geschäft ein Brot besorgen? Nein. Das wäre so, als ob ich zu einer Lokomotive sage, komm, spring mal für einen Augenblick aus den Schienen.

Das ständige Laufen macht mich geistig unbeweglich. Ich fühle mich als einfaches Wesen, das nur Wegzeichen folgen und einen Fuß vor den anderen setzen muss.

Don ist wieder bei uns. Er hat inzwischen mit seinem Auto eine Rundreise durch Europa gemacht. Seine Freundin ist abgereist. In seinem Rucksack hat er noch jede Menge Whisky auf Vorrat.

<u>15. Mai: 27. Etappe</u>
<u>Nach Vireux-Molhain (80,3 Kilometer)</u>

In den Ardennen träume ich von den neuen Schuhen, die Brigitte mitbringen soll. Kazuko hat aufgegeben, ist ohne Abschiedsgruß nach Japan zurückgekehrt.

Allmählich nähern wir uns der 2000-km-Marke. Wenn Hiroko doch langsamer liefe! Morgens rennt sie los wie eine Amazone, abends schleppt sie sich halbtot ins Ziel. Ob sie das bis Moskau durchhält?

Gastläufer kommen hinzu. Sie zahlen Ingo einen Tagessatz von 45 Euro.

Einer stellt sich so vor: „Ich bin Uli Schulte aus Bremen." Der Mann ist ziemlich groß und hat einen schweren Schritt. Schnaufend trabt er neben mir her, stellt mir tausend Fragen, hält mir dabei sein Diktiergerät unter die Nase. Von ihm erfahre ich sehr wenig.

16. Mai: 28. Etappe
Nach Hotton in Belgien (71 km)

Die belgischen Straßen sind schmal und oft ohne Bürgersteige. Jetzt heißt es „mit den Ohren" laufen. Immer wieder horche ich, ob sich ein Fahrzeug von hinten nähert. Im Zweifel springe ich lieber ins Gebüsch oder drücke mich gegen einen Maschendrahtzaun. Das geht fast automatisch. Ein einziger Gedanke beherrscht mich: Hoffentlich bringt Brigitte die Laufschuhe mit.

Endlich ist der ersehnte Augenblick da. Auf dem umsonnten Rasenplatz entdecke ich Brigitte. Sie eilt auf mich zu. Ich frage:

„Hast Du an meine Laufschuhe gedacht?"

Brigitte sagt, leicht befremdet:

„Ja, was ist denn mit Dir los? Du hast ja kaum Zeit, mir Guten Tag zu sagen. Natürlich habe ich Deine Schuhe. Deine Freundin Antonie war bei mir."

Ich bin verrückt nach diesen Schuhen. Der Schuhkarton fliegt im hohem Bogen auf den Rasen. Hastig wechsele ich die Schuhe und siehe da - sie passen. Jeder muss jetzt meine Schuhe bewundern, auch die Erschöpften in der Turnhalle. Am liebsten möchte ich die Schuhe im Schlaf an den Füßen behalten. Dass Laufschuhe zur Droge werden, ist für mich eine ganz neue Erfahrung.

17. Mai: 29. Etappe
Nach Waimes (62,2 km)

In der Frühe gibt Ingo mit einer müden Handbewegung das Startzeichen. Ich schwebe auf meinen
neuen Schuhen durch die Ardennen, die Serpentinen
rauf und runter, über sehr enge, vielfach gewundene
Straßen. Der nasse Asphalt ist rutschig. Ein Bergdorf
sieht aus, als habe man es zwischen dunklen Tälern an
die steile Felswand geklebt.
Schnell ist das Ziel erreicht. Ich freue mich auf einen
ruhigen Abend, in einer geräumigen Turnhalle. Es
wäre schön, wenn wir mal wieder alle miteinander
plaudern könnten.
Die Unterkunft ist ein Mannschaftsheim. Ingo hat es
bis unters Dach mit Gastläufern belegt. Wir beschwe-
ren uns. Doch er kann die Gastläufer nicht vor die
Türe setzen. Denen ist der Streit peinlich, sie
behandeln uns mit großem Respekt.
Martin Wagen kann das alles nicht erschüttern. Im
größten Trubel sitzt er auf einem umgestülpten Eimer
und tippt seinen Tagesbericht in den Laptop. In der
Nacht liegen wir Ellbogen an Ellbogen. Links Franz
der Schnarcher, rechts Don mit der Whiskyfahne.

18. Mai: 30. Etappe
Nach Vettweiß in Deutschland (62 km)

Ist das eine Rempelei beim Anziehen! Die eine sucht
ihre Socken, der andere sein Gebiss. Frühstück gibt es
nur mit Schieben und Stoßen, so eng ist die Bude.
Nichts wie raus hier. Ich bringe schnell noch das
Gepäck zum Auto, wische mir die Marmelade aus

dem Gesicht und schon bin ich wieder auf der Rennbahn.

Bei Kaltenherberg ändert sich das Straßenbild. Es gibt wieder Bürgersteige, die Schlaglöcher sind ausgebessert. Jetzt merken wir ganz deutlich, was für einen hohen Stellenwert der Laufsport bei uns in Deutschland hat, denn so wie die örtlichen Laufvereine uns hier empfangen und bewirten, haben wir das noch nirgendwo erlebt. Gerne möchte ich schlemmen und schwelgen, aber auch in meinem Kopf tickt die Rennuhr. Die Mindestzeit muss eingehalten werden.

Von allen Seiten werde ich von Reportern umschwärmt, die tausend Fragen stellen. Die Kameras klicken. Blitzlichter leuchten auf. Weiter. Heute Abend in Vettweiss habe ich Zeit für Interviews.

Dort pressiert es schon wieder. Bevor ich mit Felix Steiner und seiner Frau zu Abend essen kann, muss ich noch meine Laufwäsche waschen.

19. Mai: 31. Etappe
Nach Leichlingen-Witzhelden (86 km)

Um fünf Uhr sind die Asiaten schon startklar. Die Frühstarter warten noch auf die Frühstücksbrötchen, die der Bäcker mit Verspätung in einem Korb anliefert. Ich nehme ein Brötchen und lege es auf meinen Seesack. Ingo sieht das Brötchen und schreit: „Wer am Büfett Selbstbedienung vornimmt, kann vom Rennen ausgeschlossen werden."

Es wird ganz still in der Halle. Alle schauen besorgt auf Ingo, der den Journalisten demonstrieren wollte, dass alle Läuferinnen und Läufer mit Porzellan, Messer und Gabel diszipliniert frühstücken. Da darf doch niemand so einfach ein Brötchen aus dem Korb nehmen! Wo kommen wir denn da hin!

Die Reporter von Rundfunk, Fernsehen, Zeitungen und Zeitschriften wollen Interviews. Auch die Journalisten vom Frühstücksfernsehen sind wieder da. Die allgemeine Laufbegeisterung gibt auch mir neuen Auftrieb. Wir durchqueren das Braunkohlegebiet mit seinen künstlichen Bergen und dem tiefsten Loch der Welt. Die Schaufelradbagger wirken monströs im ebenen Landschaftsbild. Hinter den Schornsteinen der Brikettfabriken tauchen im Rheingraben die Spitzen des Kölner Domes auf. Die Kölner Schulen haben uns Fahrradlotsen geschickt, die uns durch das dichte Kölner Verkehrsgewühl leiten.

Die Tore der Europaschule in Köln sind weit für uns geöffnet. Unglaublich, mit welcher Begeisterung uns die Kinder und Lehrer hier empfangen. Sie hupen, klatschen und winken. Jeder möchte zuerst ein Interview oder wenigstens ein Autogramm. Soll ich denen sagen, dass ich keine Zeit für so was habe? Ich nehme sie mir. Sie staunen ehrfürchtig, als sie erfahren, dass ich bis Moskau voraussichtlich noch zehn Paar Laufschuhe verschleißen werde. Da soll noch mal einer sagen, die Jugend sei nicht mehr zu begeistern. Ich spüre ihren großen Respekt und spreche auf polnisch ein Grußwort für Sportler aus Polen. Schließlich bin auch ich gerührt und sage:
„Ihr habt mir eine große Freude gemacht. Danke. Aber jetzt muss ich leider weiter."

In Leverkusen regnet es Nylonfäden. Im Japanischen Garten des Bayer-Werks steht das nächste Büfett mit all den Speisen, von denen wir unterwegs geträumt haben. Die Toilette ist feinste Keramik, mit Wasserspülung. So was Chices habe ich lange nicht mehr gesehen.

Ein Betreuer bemerkt, dass ich vor Kälte schnattere. Wieso merke ich das nicht selbst? Er überlässt mir seine Regenjacke für den Lauf ins Bergische Land.

Manfred lässt die heutige Etappe in seiner Heimatstadt Leichlingen-Witzhelden enden, wo ihn ja jeder kennt. Auf dem Marktplatz empfängt uns eine Musikkapelle mit einem bunten Melodienreigen. Ein großes Festzelt ist aufgebaut. Die Stadt ist zu Recht stolz auf Manfred und seine sportliche wie organisatorische Leistung. Während der Marktplatz widerhallt von Trommeln, Flöten und Tamburins, trinke ich mit meiner Freundin Antonie und ihrem Mann Johannes ein Gläschen auf unser glückliches Wiedersehen. Warum gucken sie mich so an? Ich frage: „Ist was?"
Endlich sagt Antonie:
„Mensch, Brigitta. Wir hatten gedacht, Du kämest auf allen Vieren angekrochen. Aber Du siehst ja aus wie das blühende Leben."
Wir jauchzen und führen einen Freudentanz auf. Die Frauen in volkstümlichen Trachten aus dem Bergischen Land versorgen uns mit Kaffee und Kuchen. Im Vorflur der Kapelle wird kräftig massiert. Die Herren bekommen einen kostenlosen Haarschnitt.
Tanabe ist traurig, denn er ist offiziell ausgeschieden. Die Sohlen seiner Laufschuhe waren durch, bis auf die Socken. Aber er will als Etappenläufer bei uns bleiben.
In Leverkusen hat sich heute eine seltsame Geschichte ereignet. Mariko und ihr Mann hatten sich verlaufen. Ein anderer Japaner sah sie vor seinem Büro um-

herirren, ließ kurzerhand alles stehen und liegen, führte seine Landsleute aus der Stadt heraus.

Am Büfett begrüßt mich meine Lauffreundin Rosemarie aus Witzhelden. Sie und ihr Mann haben mich dazu ermutigt, an diesem Lauf teilzunehmen. Das war für mich eine zusätzliche innere Stärkung. Um so mehr freuen wir uns gemeinsam über den Erfolg.

20. Mai: 32. Etappe
Nach Plettenberg (78,3 km)

Es geht verdammt hart an der Wirklichkeit entlang, die Steigungen rauf und runter. Über uns ein regenschwerer Himmel. Die Strecke scheint sich zu dehnen. Vielleicht hat sich in meinem Kopf etwas verändert. So wie manche Propheten glauben, der Berg komme zu ihnen, so denke ich auf einmal, Plettenberg müsse mir entgegen kommen. Das hat man davon, wenn man zu lange läuft.

Verdammt noch mal, Plettenberg. Wie weit muss ich noch laufen, damit ich Dich endlich sehe, stöhne ich. Noch ein Hügel und noch ein Tal. Ja, nimmt das denn kein Ende? Ist das endlich Plettenberg? Nein, es ist nur ein kleiner Vorort. Plettenberg, ich bin sauer auf Dich. Am liebsten möchte ich eines von diesen herrlichen Schaufenstern zertrümmern, die mich widerspiegeln. Na, endlich! Da kommst Du ja, Vier-Täler-Stadt. Mein Gott, musste ich lange laufen, ehe Du Dich zeigst.

Schau an, schau an. Die Familie Westhuis wird von dreißig Leuten umringt, die einen Bus gechartert haben. Und wer wartet auf mich? Ich bin am Ende meiner Kräfte, schleppe mich durchs Ziel und sage:

63

„Sch... Plettenberg".

Das hört eine Frau in meiner Nähe. Sie nimmt mich wie ein ungezogenes Kind an die Hand und zeigt mir die Halle: „Von wegen, Sch... Plettenberg. Schauen Sie mal, das alles haben wir für Sie und für die anderen Läufer vorbereitet."

Kleinlaut bitte ich um Verzeihung. Die Sporthalle im Ortsteil Bödinghausen ist wirklich eine Oase. Ein feudales Salatbüffet - mit jeder Menge Pasta - wird von hungrigen Läufern gestürmt. Der stellvertretende Bürgermeister Schmidt und zwei Herren vom Sportamt verteilen Wimpel und Bücher von Plettenberg. Die Damen dürfen in die Sauna. Den Herren steht der Whirlpool zur Verfügung. Und das alles umsonst.

Vielleicht liest die Frau aus Plettenberg einmal meine Zeilen. Ich entschuldige mich in aller Form. Die Betreuung und die liebe Fürsorge waren einmalig. Vor allem konnte ich etwas vom Druck abbauen, der sich in mir angestaut hatte. Nie wieder, liebe Plettenberger, werde ich etwas Schlechtes über eure Stadt sagen.

21. Mai: 33. Etappe
Nach Brilon (70 km)

Die Wolken hängen tief, lassen nur selten eine Lücke frei. Ulrike Brühne und Siegfried Schröder, zwei Marathonläufer aus Herscheid wollen wissen, wie's mir so geht und begleiten mich ein Stück des Weges. Mit angenehmen Plaudereien vergeht der Tag.

Auch in Brilon werden wir begeistert empfangen. An der Theke spendiert mir ein Bursche mit langen blonden Haaren ein Weizenbier und stellt sich als

Stefan Steppenhahn vor. Es scheint, dass wir Trans-Europa-Läufer regional die Langlauf-Fans anziehen.
Die Begegnung mit Erich Paul, einem Läufer aus Edertal-Wellen ist wirklich nur sehr kurz. Viel, viel zu kurz. Da bleibt nicht mal mehr Zeit für Abschiedstränen.

22. Mai: 34. Etappe
Nach Hofgeismar (74 km)

Endlich wieder Flachland, doch Regenwolken bis zum Horizont. Göttingen steht auf dem Hinweisschild. Es verwickelt mich in unbehagliche Grübeleien über die Zeit um 1961, als wir in Deutschland Fuß fassen wollten.
In der Nähe haben wir im Durchgangslager Friedland gewohnt. In Göttingen ist mein Bruder zur Schule gegangen und hat hier seine Karriere als Radrennfahrer fortgesetzt. Damals waren wir als polnische Spätaussiedler in Westdeutschland recht unbeliebt.
Es war eine schwere Zeit für mich. Mir hatte doch in Polen nichts gefehlt. Aber meine Eltern wollten wieder unter Deutschen leben. Nun waren wir auf einmal arm und mussten uns jeden Bissen vom Mund absparen.
Dortmund fällt mir wieder ein. Mein Bruder hatte sich für das Radrennen „Rund um Dortmund" als Außenseiter qualifiziert - und es sogar gewonnen. Ich stand in Dortmund an einer Straßenkreuzung und sah, wie er an mir vorbeischoss. Vor Aufregung hätte ich mich fast übergeben. Was wurde alles für ihn getan! Er aß Kalbfleisch, wir aßen Brot. Mein Erst-Kommuniongeld ging für seinen Rennsattel drauf. Aber in-

zwischen habe ich aus eigener Kraft so viel geschaffen, dass ich meine Hobbys selbst finanziere.

Der Herr mit dem Diktiergerät ist schon wieder da. Ich frage ihn, was er denn beruflich so macht. Erst druckst er herum, dann rückt er damit heraus, dass er evangelischer Pfarrer ist. Als katholische Verfechterin der Ökumene frage ich ihn, warum er noch keinen Gottesdienst gehalten hat.

„Das liegt am Leiter, nicht an mir. Aber ich halte für alle Stilles Gebet."

In Hofgeismar fragen uns aufgeregte Journalisten, ob der Lauf abgebrochen wurde. Seit Tagen seien keine Daten mehr im Internet erschienen. Ingo erklärt, dass Sebastian Seyrich ein paar Tage Urlaub genommen hat.

23. Mai: 35. Etappe:
Nach Gieboldehausen (85,2km)

Durch kleine Ortschaften, vorbei an nassen Wiesen geht es in Richtung Weser. Neben Robert Wimmer hastet der Reporter Werner Sonntag. Der ehemalige Redakteur der Stuttgarter Zeitung ist immerhin schon 77 Jahre alt und kann mit dem Heißsporn Robert eine kurze Strecke mithalten. Mit 76 Jahren hatte Sonntag den Bieler 100-km-Lauf noch geschafft. Du meine Güte, warum haben es die beiden denn so eilig? Jetzt sehe ich den Grund. Die Fähre über die Weser will ablegen. Ich sprinte den beiden hinterher. Der Fährmann nimmt nur sie an Bord. Karl Graf spottet: „Komm, Brigitta. Spring doch."

Da lachen sie und amüsieren sich auf meine Kosten.
Ich schüttle drohend die Faust:
„Na wartet, Freunde. Das zahle ich Euch noch heim."

Uli, der Pfarrer steht heute am letzten Versorgungsstand und wartet, bis jeder seine Ration bekommen
hat. Vierzehn Stunden war er heute im Einsatz, blieb
immer freundlich und gelassen. Das nenne ich eine
Predigt ohne Worte.
Die Stadt Gieboldehausen heißt ihre Gäste zum tau-
sendsten Geburtstag willkommen. Vom Marktplatz
tönt Blasmusik herüber. Begeisterte Menschen jubeln
uns zu. Ich sehe die Menschenansammlung wie durch
einen Schleier. Müde bin ich, fühle mich wie aus-
gewrungen. Autogrammjäger stürzen auf uns zu.
Ein Bus rettet uns vor der Menge. In der Turnhalle
wollen Kinder uns zeigen, wie sicher sie das Kunstrad
beherrschen. Alles schön und gut, liebe Kinder und
Trainer. Aber ich brauche mindestens eine halbe
Stunde, bis ich wieder Mensch bin.
Am Büfett finde ich eine ungewöhnliche Auswahl an
Käsesorten. Alles ist hier vom Feinsten. Der Bür-
germeister hat einen Bus zur Halle geschickt. Ich bin
wieder fit und überrede Sigrid, mit in die Stadt zu
kommen.
Jetzt erst erkenne ich, dass ein mittelalterlicher Markt
aufgebaut wurde, mit Buden und Ständen, an denen
Gaukler, Spielleute und fahrendes Volk vorüber zieht.
Bürgermeister Norbert Leineweber hebt in seiner
Ansprache die Zielstrebigkeit und Zähigkeit der
Läufer hervor. Die drei schnellsten vom Tage (Robert
Wimmer, Martin Wagen und Wolfgang, der
Opernsänger) erhalten eine Europakarte aus Torten-

guss. Gerade wird es gemütlich, da klappen schon wieder die Bustüren für uns auf.

24. Mai: 36. Etappe
Nach Wernigerode im Harz (68,8 km)

Es duftet nach Filterkaffee. Wir müssen nicht fragen, ob wir zwei oder drei Brötchen zum Frühstück nehmen dürfen. Der spendable Bürgermeister drängt uns den Reiseproviant geradezu auf.

Harz. Das Wort allein weckt alte Ängste aus der Kinderzeit. Schon steht die böse Hexe mit dem Reisigbesen vor dem geistigen Auge.

In Wirklichkeit sind es gepflegte Orte, die sich hier am Fuße des Gebirges aneinander reihen. Uns begegnen freundliche Menschen. Ich mag Bergstrecken, denn sie entspannen mich. So kann ich den Blick auf die waldreichen Hänge genießen und mich an den vielen kleinen Bächen freuen, die über Baumwurzeln und Felsbrocken dahin plätschern.

Lichte Laubwälder wechseln mit dichten Nadelwäldern ab. Die Waldschäden sind hier deutlich zu erkennen. Große Flächen mit grauen Baumgerippen erinnern an den Sauren Regen, der heute nur noch ein Randthema in den Medien ist.

Aus Puppenstuben winken uns Menschen zu. Wie können ausgewachsene Menschen in so winzigen Häuschen leben? Die Lokomotive der Brockenbahn dampft vorüber, zieht mit Touristen besetzte Waggons hinter sich her.

Eine große Gefahr auf dieser kurvigen Laufstrecke sind die Radfahrer, die pfeilschnell zu Tal schießen. Lautlos schneiden sie die Kurven und hängen dann für

Sekundenbruchteile hilflos in Schräglage. So einer hätte mich fast erwischt. Gegen Ende der Etappe erkämpfe ich Steigung um Steigung, bis der Brocken bezwungen ist. Ausgerechnet in diesem schwierigen Abschnitt läuft Uli mit. Er schwankt vor mir her, bittet um Wasser. Ich kann ihm nichts von meinem Vorrat abgeben, denn was ich habe, brauche ich selbst. Auch der „Steppenhahn" lässt am Abend die Flügel hängen. Wir laufen auf einstigem DDR-Gebiet. In der Telefonzelle neben der umzäunten Sporthalle ist der Hörer herausgerissen. Die Scheiben sind zerbrochen. Der Ordnungsdienst schließt um zehn Uhr die Halle ab, damit kein Unbefugter eindringen kann. Hier in der Gegend sollen Skinheads ihr Unwesen treiben. Sie mögen sicherlich keine völkerverbindenden Aktionen. Robert Wimmer ist tatsächlich Spitzenreiter. Ihn besucht Hubert Schwarz, der als erster Deutscher zwei Mal das „Race Across America", den härtesten Radmarathon der Welt gewonnen hat. Im Jahr 1993 umrundete er den australischen Kontinent, nahm an Winterrennen in Alaska teil, fuhr 1996 in 80 Tagen um die Welt. Inzwischen betreibt er eine Akademie für Mental-Coaching. Ich erwarte, dass er mit Robert im Schneidersitz meditiert, aber da habe ich mich gründlich getäuscht. Bei einem Kasten Bier geht's recht lustig zu.

25. Mai: 37. Etappe
Nach Schönebeck (77,7 km)

Achtung! Sturzgefahr! Aus dem Boden ragen die Kanten der Gehwegplatten. Eine gespenstische Landschaft tut sich vor mir auf. Die Häuser sind verlassen,

69

die Ställe stehen leer. Die Ländereien liegen brach und die Wiesen sind meist zugewuchert. Da und dort Fabrikschornsteine, auf denen das Unkraut wächst. Hier verlief einst die innerdeutsche Grenze, mit dem Zonenrandgebiet auf der westlichen und Sperrgebieten auf der östlichen Seite. Viele einstige Bewohner sind in den Westen abgewandert.

Mit einem Mal steigen Mordgedanken in mir hoch. Sie richten sich gegen unseren Leitwolf, der so viele Fehler gemacht hat und immer hilfloser wirkt. Diese Gedanken nehmen mir fast den Atem. Schnell will ich sie beiseite schieben, doch sie kommen wieder, bis diffuse Vorstellungen mein Denken vernebeln. Wie komme ich nur auf solche Ideen? Das ist mir ja noch nie passiert! Oder doch? Schließlich beruhige ich mich damit, dass diese Vorstellungen wohl in uns allen ruhen. Sonst wären Krimis nicht so beliebt.

Die Gedanken eilen in die Kindheit zurück. Ich sitze daheim im Wohnzimmer und spiele am Klavier die Sonate „Für Elise", reite auf Papas Knien, jage der Katze hinterher, streichele den Hund und trete in die Pfützen. Mutter schmückt den Weihnachtsbaum. Ich treibe mein Schaukelpferd aus Birkenholz durchs Wohnzimmer.

In Schönebeck drängen sich die Menschen auf dem Salzblumenplatz. Der stellvertretende Bürgermeister Hennig begrüßt uns unter dem Jubel der Einwohner. Das Bier fließt in Strömen, wir erleben eine herzerfrischende Gastfreundlichkeit. Ein Mann lädt mich auf ein Bier ein, wir kommen ins Plaudern. Ich wäre so gern noch geblieben. Aber da kommt Ingo und schickt uns mit dem Kleinbus in die Vollbring-Halle. Bin ich sauer. Nacht zusammen und Licht aus.

26. Mai: 38. Etappe
Nach Brandenburg (82,4 km)

Wir halten auf Berlin zu. Die Gastläufer sind lebhaft an meinen Lauferfahrungen interessiert. Doch leider stellen sie die ewig gleichen Fragen. Ich bemühe mich, freundlich zu bleiben. Wenn mir jemand lästig wird, laufe ich langsamer und sage, ich müsse Atem sparen.

Das Stampfen meiner Füße dröhnt im Kopf. Der Schweiß rinnt den Hals entlang. Malerische Auen und Teichlandschaften gleiten an mir vorüber, mit halb oder ganz verlassenen Dörfern, aufgegebenen Feldern und Gärten.

Ich tauche ein in die Welt meiner Kindheit. Tante Agnes nimmt mich an die Hand: „Komm, Brigitta. Ich zeig' Dir mal, wo die Graureiher und Komorane nisten." Tante Agnes war eine resolute Frau. Mit zwanzig Jahren hatte sie erlebt, wie die Russen 1945 Ostpreußen eroberten. Aus Angst vor Vergewaltigung hatte sie die Eltern daheim zurückgelassen und war in die Wälder geflohen. Als sie zurückkehrte, waren die Eltern verhungert und in einem Massengrab verscharrt.

Ich kroch mit der Tante durchs Unterholz. Eine Zeitlang musste ich ganz still sein. Dann stieß sie mich an, deutete mit der Kinnspitze in Richtung der Graureiher und Komorane, die sich in die urtümliche Vegetation aus uralten Eichen, Buchen und Kiefern zurückgezogen hatten. Ah, war das ein prickelndes Gefühl als wir unsere Füße im kristallklaren Wasser des Sees kühlten.

Jetzt möchte ich meine Füße ins Wasser tauchen, doch lasse es lieber, denn eine allzu rasche Abkühlung bringt den Kreislauf durcheinander. Also bade ich in Gedanken.

Ein VW-Bus fährt neben mir her. Der Fahrer kurbelt das Seitenfenster herunter, die Schiebetüre wird geöffnet. Das Brandenburgische Fernsehen bittet um ein Interview im Dauerlauf.

Der Speiseraum der Jugendherberge gleicht am späten Abend einer Sardinenbüchse. Fünfzig Leute haben ihre Schlafsäcke auf dem Boden ausgebreitet und schlafen dicht an dicht. Ich stehe auf und durchquere den Raum, achte darauf, dass ich auf keinen Schläfer trete, schöpfe frische Luft und gehe zurück.

Sigrid, im Schlafsack neben mir, kichert:

„Ich fühle mich wie ein Hering in der Tonne."

Wir flüstern uns den neuesten Klatsch zu und genießen den Kuchen, den eine Frau aus dem Ort für uns gebacken hat.

27. Mai: 39. Etappe
Nach Berlin-Dahlewitz (78,2 km)

Die Radfahrerin steigt ab und begrüßt mich wie eine alte Bekannte: „Wie geht's? Schönes Wetter heute."

„Woher kennen wir uns?"

„Sie sind aber gut. Sie waren doch gestern Abend im Brandenburger Fernsehen."

Vorbei an Schloss Sancoussi, der einstigen Residenz der preußischen Könige. Da blitzt und funkelt ein aus der Mode gekommener Prunk. Die Anlage ist umgeben von grauen Hausfassaden größerer Wohnkomplexe, sterilen Rasenteppichen mit exotischen Nadelgehölzen und kleinen Naturinseln.

Im Berliner Süden läuft es sich angenehm, so ländlich und gemütlich ist es hier. Pfarrer Uli schleppt sich am Abend mit letzter Kraft ins Ziel, hält Mariko an der Hand.

Die Gemeinde Lichtenrade-Dahlewitz spendiert uns ein üppiges Abendessen. Wir dürfen mal wieder mächtig reinschaufeln und kommen auf dem schönen Rasenplatz so richtig in Stimmung. Jetzt könnte ich durchmachen bis morgen früh. Aber die Uhr kennt keine Gnade.

Hirokos Gesicht wirkt fahl und eingefallen. Sicher hat sie heute wieder versucht, das letzte aus ihrem vor Schmerz zitternden Körper heraus zu holen. Alfred, der Masseur knetet ihre brettharten Beinmuskeln. Schließlich meint er zu ihr:

„Sie sollten nicht mehr weiterlaufen. Sie schaden sich am Ende selbst."

Wir schlafen im Festzelt auf dem Holzfußboden. Endlich haben alle genug Bewegungsfreiheit, doch es ist recht kühl unter dem Leinendach. Stefan Schlett und einige andere Läufer schlafen aus Angst vor einer Erkältung in den beheizten Duschräumen des Vereinsheims.

Zwischen Tag und Traum überfällt mich eine dunkle Stimmung. Trotz des ganzen Trubels fühle ich mich allein. Werden meine Freunde und Bekannten an mich denken? Können sie überhaupt nachempfinden, was ich hier durchmache?

Brigitta, jammere nicht. Du hast es so gewollt. Gute Nacht, ihr Sorgen, habt mich gern bis morgen.

28. Mai: 40. Etappe
Nach Slubice in Polen (97,4 km)

Noch ganz in Gedanken will ich in die Dusche. Doch da liegen noch Männer rum. „Raus mit Euch!"
Wir erfahren, dass gestern Abend ein Reisepass nach stundenlanger Suche wiedergefunden wurde. Alle atmen erleichtert auf, denn ohne diesen Pass käme sein Besitzer nicht über die Grenze.
Ingo wird nun von Ludger Triebus unterstützt, der fünf Jahre in Moskau gelebt hat und beruflich oft durch Russland gereist ist. Er beschreibt diese Zeit sehr anschaulich im Buch „Ausgerechnet Moskau".

Die Dahlewitzer Gastgeber bescheren uns ein reichhaltiges Frühstück. „Eßt! Nehmt alles mit!" tönt es von allen Seiten. Und schon sind wir unterwegs zur letzten Etappe in Deutschland.
Ein graumelierter Herr, der in Läuferkluft am Wegesrand auf mich wartet, fragt beinah schüchtern, ob er mich ein Weilchen begleiten darf.
„Na klar. Und was verschafft mir diese Ehre?"
„Ja, also..." druckst er herum, „Sie haben mir im Fernsehinterview so gut gefallen."
Wir plaudern übers Laufen, über Gott und die Welt. Nach zehn Kilometern kehrt mein Begleiter um, denn er muss pünktlich ins Büro.
Die malerische Kulisse des Spreewaldes verführt zum Träumen. Aber Vorsicht. Wer hier stürzt, verletzt sich unweigerlich an den scharfkantigen Gehwegplatten.

Frankfurt. Klotzige, graue Plattenbauten ragen erbarmungslos in die Ebene. Auf der neuen Oderbrücke staut sich der Grenzverkehr.

Schon oft stand ich hier in der Autoschlange, wenn ich meine polnischen Freunde besuchen wollte. Nun werfe ich nach vielen Jahren wieder einen Blick auf die Überschriften der „Märkischen Oderzeitung". Anscheinend ist die Grenzland-Kriminalität nicht so leicht auszurotten. Eine Zigarettenschmuggler-Bande steht vor Gericht, die Polizei hat einen Drogenring ausgehoben, ein Autohändler beklagt vermehrte Kfz-Diebstähle.

Gleich hinter dem Grenzübergang geht die polnische Polizei auf Numero sicher, begleitet uns durch Slubice. Die Sporthalle, in der wir übernachten, ist von einem hohen Zaun umgeben. Unsere Begleitfahrzeuge parken auf einem bewachten, hell erleuchteten Parkplatz. Ich finde das zunächst reichlich übertrieben.

Mister Tanabe lief die heutige Etappe mit neuem Schuhwerk. Er kriecht nach dem Zapfenstreich auf allen Vieren zu mir hin und flüstert:

„Habe mich verlaufen. Wo gibt es noch was zu essen?" Ich erkläre ihm, wo er im Keller die Küche findet. Doch Tanabe winkt erschöpft ab und kriecht in den Schlafsack, den seine Landsleute ihm zurechtgelegt haben. Im Halbdunkel schaue ich zu, wie er sich ein Reisbällchen nach dem anderen in den Mund schiebt.

29. Mai: 41. Etappe
Nach Brojce (82,5 km)

Unser Laufkamerad Mravlje Dusan findet sein Auto am Morgen aufgebrochen vor. Es stand allerdings auf dem Hof des Hotels, in dem Mravlje (gegen die herrschenden Regeln) übernachtet hatte. Ingo ist sichtlich beunruhigt. Nicht auszudenken, dass die Pässe bei einem Einbruch aus den Bus gestohlen würden. Die Vorsicht der Behörden scheint doch nötig zu sein.

Wir halten auf Poznan zu. Ausgedehnte Felder, bunte Wiesen und Auen wechseln mit schattigen Kiefernwäldern. Ihr Anblick zerstreut die Gedanken und lenkt vom lärmenden, stinkenden Straßenverkehr ab.

Hier wird gerast, dass einem angst und bange werden kann. Die paar Radarfallen richten nicht viel aus. Ist die Überholspur verstopft, nutzen die Raser auch die Standspur, selbst wenn dort Personen laufen oder ein liegengebliebenes Fahrzeug repariert wird.

Die engen Dorfstraßen sind dort gefährlich, wo die Bürgersteige fehlen. Sobald ich glaube, dass mir ein Fahrzeug zu nahe kommt, springe ich zur Seite. Mal lande ich im Graben, mal in einem Vorgarten oder in einem Hauseingang. In der Landwirtschaft ziehen vor allem Pferde den Pflug, die Mähmaschine oder den gummibereiften Karren.

Inzwischen habe ich zwei Drittel der Gesamtstrecke geschafft und fühle mich jeden Tag wohler. Wenn ich so fit bleibe, werde ich zum Schluss doch noch zum Spaß mit den Schnellläufern um die Wette rennen. Einige sehen sehr angegriffen aus.

In dieser Landschaft fühle ich mich daheim. Sie erinnert mich an die Streifzüge mit meiner Jugendfreundin Mika. Wenn die Eltern uns suchten, schauten sie zuerst in die Baumkronen.

Böse Läuferzungen behaupten, Hiroko habe sich auf die Straße gesetzt und sei am Asphalt festgeklebt. Ein Läufer habe sie befreien müssen. Andere Lästermäuler verbreiten, Hiroko könne gar nicht mehr aufhören zu laufen. Unter Läufern ist es so wie überall: Wer den Schaden hat, braucht für den Spott nicht zu sorgen.

Martina mit dem kranken Zeh ist abgereist. Nikolai Hildebrand aus Troisdorf stellt sich dem Lauf samt Auto und Anhänger zur Verfügung. Nikolai ist in Weißrussland aufgewachsen.

In sengender Sonne singe ich alle polnischen Lieder, die ich im Kindergarten, in der Schule und bei den Pfadfindern gelernt habe. Als ich singend um eine Häuserecke biege, stürmen etwa vierzig jubelnde Kinder auf mich zu. Ich muss stehen bleiben. Sie rufen: "Brigitta, Brigitta."

Ich frage, woher sie meinen Namen wissen.

„Wir erkennen Dich an Deiner Startnummer."

„Wer hat euch verraten, dass ich Brigitta bin?"

„Geheimnis. Geheimnis."

„Na, wartet. Ich werde schon noch herausfinden, wer hier die Fäden zieht."

Im nächsten Dorf stehen Schulkinder mit Schreibblöcken und Kalendern bereit, die ich signieren soll. Dafür nehme ich mir die nötige Zeit. Die Begeisterung der Kinder bewegt mich so sehr, dass ich am liebsten losheulen möchte. Wie auf Wolken schwebe ich dahin.

Am Treppenaufgang eines Krankenhauses lehnt der Fahrer des Krankenwagens, der mir heute schon ein paar Mal begegnet ist. Missmutig starrt er mich an:

„Wo läuft die Dame denn so schnell hin?"

„Nach Moskau."

„Noch in diesem Jahr?"

„Ja, am 21. Juni will ich dort sein."

Er stemmt die Arme in die Hüfte und ruft:

„Unmöglich. Zu Fuß unmöglich. Und überhaupt. Wie kann man als Polin nach Moskau rennen? Wir sind doch froh, dass wir die Russen los sind."

„Ach was. Ob Russland oder Polen. Wir sind jetzt Europäer. Fertig, aus."

Er macht eine abwehrende Handbewegung.

Am Abend stehe ich in Brojce wieder mal vor den Resten eines Büfetts. Vom Fisch, der mir statt Fleisch reserviert werden sollte, ist nichts mehr übrig. Am liebsten möchte ich jedem, der satt in die Welt schaut, kräftig eine runterhauen. Auf polnisch rede ich mit dem Koch.

„Kochfisch kann ich sofort besorgen," sagt er eifrig. Es ärgert ihn, dass einige „Verfressene" der einzigen „polnischen" Teilnehmerin die Essensration aufgefuttert haben. Darum kauft er im gegenüberliegenden Geschäft frischen Fisch in rauen Mengen, wobei er auch an die Läufer denkt, die noch unterwegs sind. Ingo wird sich über die gesalzene Rechnung wundern.

Der Grieche Yannis Kouros, der beste Ultraläufer der Welt, setzt sich nach dem Essen zu uns und überhäuft Hiroko mit guten Ratschlägen. Doch sie will nicht aufgeben, schüttelt weinend den Kopf. Da muss ich aus tiefster Seele seufzen. Es ist so jammerschade, dass der gesellige Yannis sich so intensiv mit der japanischen Märtyrerin beschäftigt. Mit ihm hätte ich mich auch gerne mal wieder unterhalten. Offenbar findet Hiroko Gefallen daran, von ihm getröstet zu werden.

Ohne Lockenwickler krieche ich in den Schlafsack. Wir können beruhigt schlafen, denn die Polizei bewacht unsere Unterkunft.

30. Mai: 42. Etappe
Nach Tarnowo-Podgorne (87,4 km)

„Am 30. Mai ist der Weltuntergang...“ Schon millionenfach wurde dieses Kölner Fastnachtslied gesungen. Ich mache mich also auf mein letztes Stündlein gefasst, denn so viele Leute können doch nicht irren. Spaß muss sein und Läufer ohne Humor kommen nicht weit. Also, auf dann, Leute. Wir haben heute mehr als 87 Kilometer zu bewältigen.

Am frühen Morgen flimmert schon die Hitze über dem Asphalt. Nur über der Oder zieht ein dünner, nebliger Rauchstreifen dahin. Gegen Mittag habe ich das Gefühl, die Landschaft zittere bei jedem Schritt. Ingo sieht abgekämpft aus. Ich fühle mich nun wie ein Laufautomat, passiere die Dörfer, die immer noch so aussehen wie vor dreißig Jahren. Jetzt heißt es rechtzeitig trinken, denn wenn das Durstgefühl einsetzt, kann es schon zu spät sein.

Was für eine freudige Überraschung. Am Versorgungsstand entdecke ich Barbara, die Schwester des Läufers Karl Graf, die ich wegen ihrer fürsorglichen Art ganz besonders ins Herz geschlossen habe.

In Polen beginnt übermorgen der Gebetsmonat. Die Abzweigungen von der Transitstraße und die Straßenkreuzungen in den Dörfern werden mit Blumen und Girlanden geschmückt. Die Schaufenster der Dorfläden sind vollgestopft mit nützlichen Dingen. Da steht die Kaffeemaschine neben Gummistiefeln. Die Waren scheinen auf den ersten Blick recht teuer zu sein. Letzten Endes sind sie aber preiswert, weil der Kunde die zeitraubende, teure Fahrt in die nächste Stadt spart. An holzgeschnitzten Figuren mit drohend erhobenem Zeigefinger hängen Schilder mit der Aufschrift: Kein Feuer im Wald anzünden!

Am Straßenrand werden eimerweise Pilze angeboten. In dieser öden Landschaft fällt mir das Lied „Theo, wir fahr'n nach Lodz" ein, das Vicky Leandros so schmachtend singt.

Aber die Sehnsucht nach der großen Stadt scheint bei den Bewohnern nicht so groß zu sein wie bei Vicky. Mit etwas Ackerland, einem großen Garten und Nutzvieh kommen sie gut über die Runden.

Die Leiterwagen sind überaus ärgerliche Verkehrshindernisse, die den Strom der schweren LKW von und nach Russland und der Ukraine aufhalten.

Dreizehn Stunden brauche ich bis ins Ziel. Im Keller des Internats gibt es Abendbrot. Danach sitzen wir in geselliger Runde beisammen, wobei es mir anfangs schwer fällt, meine Augen offen zu halten. Doch dann packt der Musikant die Ziehharmonika aus und schon stimmt die Festgesellschaft in die polnischen Volkslieder ein. Mit jedem Ton erwachen die Erinnerungen an meine Pfadfinderinnenzeit. Die Schmerzen des Tages sind vergessen. Wir haken uns ein und schunkeln. Neben mir sitzt Bruno Maurer, der frühere

Betreuer der polnischen Olympiamannschaft. Ich frage ihn, woher die Schulkinder meinen Namen kennen.

„Geheimnis, Geheimnis," grinst Bruno.

Während ich laufe, rede ich mit meinem längst verstorbenen Vater, dessen Geist mich ständig begleitet. Ich sehe ihn vor mir und erinnere mich an viele seiner Worte. Einmal sagte er: Ich bin nach dem Krieg von Griechenland bis nach Deutschland dreitausend Kilometer zu Fuß gegangen. Das macht mir keiner nach.

Tja, Leo, sage ich, jetzt bist Du stolz auf Deine Tochter. Denn ich bin inzwischen viel weiter gelaufen als Du je gegangen bist. Dein Familienrekord ist damit eingestellt. Bleib oben im Himmel schön am Fernrohr sitzen, und pass gut auf mich auf.

31. Mai: 43. Etappe.
Nach Wrzesnia (70,1 km)

Die Luft ist staubtrocken. Wir laufen durch die Randbezirke der polnischen Messestadt Poznan. Die schnurgerade, scheinbar endlos lange Asphaltstraße hat keinen Seitenstreifen. Der Verkehr stockt, denn auf der Straße steht eine Kuh, die sich von ihrem Pflock losgerissen hat. Die Waldränder sind nicht durch Zäune gesichert, darum gibt es hier häufigen Wildwechsel. Unbekümmert brausen die Autofahrer vorbei, als hätten sie zehn Leben.

Im nächsten Dorf wollen die Kinder gleich scharenweise Autogramme. Ich glaube, ich sehe nicht richtig. Am Versorgungsstand steht Hiroko und fragt, was ich denn gerne essen und trinken möchte. Für eine Sekunde blitzt Schadenfreude in mir auf. Aha, die Rivalin ist gescheitert, unterschwellig ist auch bei mir doch das Konkurrenzdenken noch da.

Heute werde ich von Mücken gepiesackt, komme nur mühsam voran, bin missgelaunt und krame in alten Erinnerungen. Die Mittagshitze macht mich taumelig. Nicht schlimm, kann noch weiter laufen. Ein kleines Mädchen am Straßenrand reicht mir eine Tasse Wasser und schenkt mir ein Lächeln.

Hui, die jungen Frauen am Straßenrand sind sehr knapp bekleidet. Damit sie nicht glauben, ich wolle ihnen das Geschäft verderben, wechsle ich rechtzeitig die Straßenseite. Was am Straßenrand alles verhökert wird: Obst aus eigenem Anbau, geflochtene Weidenkörbe, glänzend lackierte Gartenzwerge...

Am Ziel empfängt man uns mit Jubel und Musik. Sigrid und ich bekommen endlich ein Zweibettzimmer. Wenn ich mich recht erinnere, habe ich zuletzt in Portugal in einem richtigen Bett geschlafen. Auch Sigrid kann ihr Glück nicht fassen. Sie stellt sich vor das Bett und ruft:

„Ein Bett, ein richtiges Bett."

Am Abend spielt ein Trio auf. Die erste und zweite Geige klingen ein wenig verstimmt. Der Mann am Cello verdreht von Zeit zu Zeit die Augen und blickt schmachtvoll gen Himmel. Nach einer halben Stunde haben sich die drei in Stimmung gebracht. Nach einer weiteren Viertelstunde sind sie durch und durch beseelt, geradezu wie von einem Dämon besessen. Sie stampfen mit den Füssen, werfen den Kopf zurück, wippen und wiegen hin und her. Dann tritt eine kaschubische Tanzgruppe auf, teilt sich in Paare, formiert sich zu heimatlichen Tänzen mit komplizierten Schritten. Die Männer im Trachtenanzug, die Frauen tragen bestickte Westen und Mieder, farbenfrohe Halstücher, Röcke mit breiten Ärmelaufschlägen und Trachtenknöpfen. Nichts deutet darauf hin, dass die Kaschuben im einstigen Hinterpommern die geschundenen Knechte und Mägde waren.

1. Juni: 44. Etappe
Nach Kolo (78,7 km)

Der Gebetsmonat beginnt am heutigen Sonntag mit Glockengeläut von allen erdenklichen Türmen. Die Menschen eilen in Sonntagskleidung zur Kirche.
Auf der Europastraße ist von der Festtagsstimmung nichts zu spüren. Die Autofahrer rasen noch leichtsinniger als an Werktagen. Der Schweiß rinnt mir in Strömen den Körper hinab. Aus einem Backsteinbau dringt festlicher Orgelklang ins Freie. Die Gläubigen stehen dicht gedrängt bis zum Eingang.
An diese sakrale Musik bin ich schon seit meiner Kindheit gewöhnt. Gerne möchte ich die Feststimmung ein paar Minuten auf mich wirken lassen. Darum zwänge ich mich durch die Menge, in meiner kurzen Hose, mit Trinkgürtel und Startnummer 12 auf der Brust. Die Gläubigen werfen mir erstaunte Blicke zu. Regt Euch nicht auf, Leute, ich bin gerade on tour und möchte dem Herrgott nur mal kurz guten Tag sagen. Ich knie nieder, verharre kurz im Gebet und genieße dabei auch den kühlen Raum. Als ich die Kirche wieder verlasse, bin ich sicher, dass die Engel mich weiterhin begleiten und schützen.

Auf dem Marktplatz in Kolo begrüßt ein Chor die Läufer mit polnischen Volksliedern. Der Bürgermeister findet für unsere herausragende sportliche Leistung anerkennende Worte. Ich frage ihn auf polnisch, ob er für mich eine Führung durch das Franziskanerkloster von Kolo arrangieren könne. Er nimmt mich höchstpersönlich an die Hand und führt mich durch die Räume.

Das Zweibett-Zimmer, das ich mit Sigrid teile, ist im ersten Stock eines Internats. Wir sind zu müde, unsere Koffer und Seesäcke nach oben zu tragen, wollen sie beim Portier stehen lassen. Doch der rät ab:

„Nehmt lieber alles mit auf die Zimmer. Hier auf dem Flur bekommt es über Nacht Beine."

Nachdem wir das schwere Gepäck hochgewuchtet haben, müssen wir runter in den Keller zum Büfett. Dort stehen wir herum, denn es fehlen Stühle. Die Tische sind leer. Ich frage einen Kellner:

„Warum sollen wir im Keller auf das Essen warten? Ist das nicht ein seltsamer Platz für ein Büfett?"

Er sagt ganz verlegen:

„Ihr Speisesaal wurde kurzfristig von einer Hochzeitsgesellschaft gebucht. Sie sitzen noch beim Festessen. Ihr Essen kommt jeden Moment. Ein bisschen Geduld noch, bitte."

Wir warten und warten. Missmut macht sich breit. Endlich bricht die Gesellschaft auf. Die Schalen mit Gemüse und Nudeln werden gereicht. Es deutet manches darauf hin, dass es die Reste vom Festessen sind.

Zwar liege ich in dieser Nacht in einem ordentlichen Bett, doch jetzt fehlt mir die Nähe der anderen.

2. Juni: 45. Etappe
Nach Zduny (86,80 km)

Die Pferdefuhrwerke halten den Verkehr immer wieder auf. Doch das scheint die Kutscher auf den Bretterwagen nicht zu stören. Sie lassen nur hin und wieder die Peitsche knallen. Die Sonne brennt vom hohen Himmel. Der Schweiß rinnt unaufhörlich. Monotoner Tagesablauf. Essen, Schlafen, Trinken, Essen. Folklore. Ärger am Büfett und Hungergefühle. Die einzige Erholung sind die Massagen. Mir hängt alles zum Hals raus. Morgen geht es nach Warschau.

3. Juni: 46. Etappe
Nach Warschau (81,4 km)

Was ist mit Robert los? Er läuft zehn Kilometer neben mir her. In Portugal rauschte er an mir vorbei wie ein junger Gott und sah nichts, keine Störche und kein gar nichts.
Er sagt: „Guck mal, Brigitta. Ich habe fast keine Muskeln mehr. Alles so schwach."
„Mach doch langsamer, wo ist das Problem?"
Robert schweigt.
Auf der Straße nach Warschau rufen die Leute: „Wohin? Wohin?" - „Nach Moskau," antworte ich.
Kopfschüttelnd gehen sie weiter.
Die Kinder haben schulfrei bekommen, um die Europaläufer zu begrüßen. Eine Woge der Begeisterung schlägt uns hier entgegen, ähnlich wie in Deutschland. Die Orientierung in der Großstadt ist schon Routine. Nach 12 Stunden erreiche ich das Ziel. 16 Stunden waren vorgegeben. Aus der Warschauer Innenstadt

bringt uns der Bus in ein Internat. Morgen werden alle gleichzeitig mit Polizeischutz starten.

4. Juni: 47. Etappe
Nach Siedlce (90,1 km)

Es ist noch früh am Morgen. Der Bus bringt uns an den Stadtrand, zum Start. Die Autokolonnen dröhnen uns mehrspurig entgegen. Straßenbahnen bimmeln. Die ganze Stadt scheint schon auf den Beinen zu sein. Die Polizisten, die unseren Start sichern sollen, haben sich verspätet. Die Straßenkehrer stützen sich auf ihre Besenstiele und schauen uns fragend an, als wollten sie ergründen, wer wir sind und was uns so früh auf die Straße treibt.

Wir lassen den Moloch Warschau hinter uns und kommen wieder in ländliche Gebiete. Auf den Feldern wird das Heu von Frauen geerntet, die sich mit bunten Kopftüchern vor der Sonne schützen. Ganz dicht staken Störche hinterher. Die Arbeiter am Straßenrand tragen dicke Jacken. Ich frage einen, ob ihm kalt sei. Er meint, ihm sei nicht kalt, aber im Sommer dicke Jacken zu tragen, sei nun mal Sitte, hierzulande.

Sobald ich sage, wohin ich laufe, verziehen die Leute das Gesicht. Niemand ist hier gut auf die Russen zu sprechen. Seit dem Zusammenbruch des kommunistischen Regimes darf jeder sagen, was er denkt. Niemand muss mehr fürchten, dass er dafür eingesperrt wird. Man hat Angst vor dem Osten, sucht Schutz und Anlehnung im Westen.

5. Juni: 48. Etappe
Nach Zalesie (83,9 km)

Ich wechsle von der Standspur auf die Überholspur, weil ich dort im Schatten laufen kann. Als ich auf die Standspur zurücklaufen will, sehe ich über die rechte Schulter hinweg ein Auto auf mich zu rasen. Erschreckt bleibe ich stehen. Wenn ich jetzt einen falschen Schritt mache, bin ich hin. Mutter Gottes, steh mir bei. Meine innere Stimme sagt: „Bleib stehen."
Im selben Augenblick zischt das Auto auf der Standspur vorbei. Ich zittere wie Espenlaub. Danke, ihr himmlischen Mächte.

6. Juni: 49. Etappe
Nach Kobryn in Weißrussland (78,3 km)

Ingo ist nervös. Ich merke es am feinen Zittern seiner Hände. Es fällt ihm schwer, sich auf eine Sache zu konzentrieren. Er braust schnell auf und spricht sehr laut. Heute überschreiten wir die Grenze zu Weißrussland. Da müssen die Daten haargenau stimmen, sonst lassen sie uns nicht ins Land.
Ingo bittet mich, den Corsa von Ludger Triebus über die Grenze zu fahren. Er sagt, die Kilometer, die ich mit dem Auto fahre, bekäme ich als Laufkilometer angerechnet. Das ist zwar ein Verstoß gegen die strengen Laufregeln. Aber wer fragt schon danach, wenn es um das Wohl der Gruppe geht.
Ludger Triebus nimmt neben mir Platz. Die Läufer sind auf der Landstraße weit voraus, Robert vorneweg. Wir überholen sie und reihen uns in eine Fahr-

zeugkolonne ein, schleichen im Schritttempo weiter zur Grenzstation, die aus Wellblechbaracken besteht. Nun preschen die Läufer mit hohem Tempo heran, blicken erwartungsvoll auf den Schlagbaum. Ludger verschwindet in der Grenzstation. Nach einer Stunde darf ich den Corsa über die Grenze fahren.

Ludger übernimmt das Fahrzeug von Manfred Leismann, der unter den Läufern ist. Ich winke alle Fahrzeuge herbei, die zum Trans-Europa-Lauf gehören.

Urplötzlich schlägt das Wetter um. Ein scharfer Wind bringt Regenschauer heran. Die Läufer flüchten frierend in die Fahrzeuge. Dicht gedrängt hocken die Konkurrenten beieinander und warten darauf, dass sich der Schlagbaum endlich hebt.

Ingo geht in die Grenzstation. Die Zeit verrinnt. Der Regen fällt immer dichter. Im Morast bilden sich große Pfützen. Vor der Grenzstation debattieren polnische und weißrussische Zöllner miteinander. Nach etwa drei Stunden dürfen die Läufer die Grenze passieren, aber die Begleitfahrzeuge müssen stehen bleiben, samt Melody. Ludger hatte mir vorher schon erklärt, wer ein Fahrzeug nach Weißrussland hineinfährt, der muss es auch wieder hinausfahren. Sonst vermutet man Schieberei.

Ingo kommt aus dem Gebäude und schreit laut herum. Seinem russischen Gesprächspartner passt es nicht, dass hier ein Deutscher seine Stimme erhebt und brüllt ebenso. Nikolai Hildebrand versucht zu vermitteln. Dann reden alle wieder ganz normal. Der Regen tratscht auf die Aluminiumdächer, der Wind schiebt immer neue Regenwolken vor sich her. Endlich bekomme ich meinen Pass und darf bis zum zweiten

Schlagbaum vorrücken. Ein prüfender Blick des Zöllners. Weiter. Nach einem Kilometer wieder Stop. Die Zöllner verlangen eine zusätzliche Versicherung. Ingo ist so richtig in Fahrt, sagt mit lauter Stimme, dass wir in Deutschland für diesen Lauf versichert sind. Dann zeigt er dem Zöllner ein Schreiben der Russischen Föderation, in der freies Geleit und die Befreiung von einer zweiten Versicherung zugesichert wird. Endlich hebt sich auch dieser Schlagbaum.

Die Läufer winken erleichtert, als wir sie überholen. Schnell ist die Versorgungsstation am Straßenrand aufgebaut. Die Meute fällt über Wasser und Brot her.

Ich laufe von nun an mit Polizeischutz weiter. Jemand anders übernimmt Ludgers Corsa. Von Ferne grüßen Zwiebeltürme. Hier hat der Herrgott seine russisch-orthodoxe Abteilung.

Unser Nachtquartier erinnert an ein ausrangiertes Getreidesilo. Die ausgeleierten Ventilatoren rattern wie uralte Traktoren. Beim Anblick der Toilettenräume hebt sich mancher Magen. Da ist jedes Naturklo angenehmer. Durch die Zeitverschiebung verlieren wir eine Stunde. Nein, mir ist jetzt nicht nach Folklore zumute, aber ich möchte auch nicht unhöflich sein. Darum schaue ich mit müdem Blick den Darbietungen einer Volkstanzgruppe zu, die eigens ihre traditionelle Kleidung angelegt hat. Mit einer Verneigung nimmt Ingo Brot und Salz entgegen, das uns zur Begrüßung gereicht wird.

7. Juni: 50. Etappe
Nach Ivacevicy (90 km)

Es ist wieder warm am frühen Morgen. Nicht mal Kaffee wird angeboten. Unsere Versorger Martin und Else Bayer werden beschimpft. Die beiden haben einen undankbaren Job übernommen. Sie sollen in den hiesigen Läden in Landeswährung einkaufen, können aber die kyrillische Schrift nicht lesen. Ludger Triebus kann manche Härte mildern, aber die Verpflegung ist nach wie vor unzureichend.

Heute werde ich wohl zehn Stunden unterwegs sein. Mein Blick schweift über bunte Getreide- und Gemüsefelder. Ich bin glücklich, weil ich hier laufen darf. Jetzt macht sich mein langjähriges Training bemerkbar. Die restlichen tausend Kilometer werde ich locker schaffen.

Die Straße verläuft schnurgerade. Ich rede mit mir selbst und verjage die Mücken. Die vorbeidonnernden Vierzigtonner sorgen für kühlen Wind um die Waden. Es gibt nur vereinzelt einspännige Fuhrwerke, denn hier herrscht immer noch die Kolchosenwirtschaft vor. Jetzt habe ich Lust auf ein Vanille-Eis. Weit und breit ist kein Eiswagen zu sehen. Also denke ich mir eins und lasse es genüsslich auf der Zunge zergehen.

Die Holzhäuser der Dorfbewohner sind winzig klein. Wie können die Leute darin wohnen? In den Dörfern verengen sich die Straßen. Nur da und dort gibt es einen Bürgersteig oder sandige Randstreifen. Immer wieder fragen die Leute erstaunt: „Wohin? Wohin?"
„Nach Moskau."
Sie lächeln höflich oder schütteln den Kopf.

Die orthodoxen Kirchlein am Wegesrand sind oftmals in schlechtem Zustand; eine Folge der kommunistischen Herrschaft. Hier fließt keine Kirchensteuer, die Gläubigen müssen selbst Hand anlegen. Nach elf Stunden werden wir Läufer einkassiert, weil das Ziel verlegt wurde. Warum? Keine Ahnung. Bin zum Nachdenken zu müde. Will nur noch schlafen.

Der Holzboden im Nachtquartier wurde jahrelang nicht gebohnert. Doch was soll es? Wir haben doch unsere dicken Iso-Matten dabei. Duschen fällt aus. Wozu haben wir Kleenex-Tücher. Geht doch. Immer werden wir vor neue Probleme gestellt. So bleibt der Geist lebendig.

In Ivacevicy sollen wir dem Staatspräsidenten vorgestellt werden. Ein ratternder Bus bringt uns in die Stadt. Doch dann heißt es, der Staatspräsident habe Wichtigeres zu tun. Schon während der Busfahrt schlafe ich ein und erwache vor einem Bauwerk mit hohen Säulen. Es könnte ein Parlamentsgebäude sein. Man führt uns durch einen pompösen Saal mit riesigen Gemälden und Gobelins an den Wänden und bittet uns an einen festlich gedeckten Tisch. Gleich werden uns die Kellner eine Vorspeise, eine Suppe, ein Hauptgericht und sicherlich auch eine Nachspeise servieren.

Da kommt auch schon das Brot. Hmm, lecker, lecker. Wann geht es denn weiter? Wir recken die Hälse. Eine kurze Rede folgt. Das war's denn auch schon.

Hungrig schleichen wir die breite Marmortreppe hinab. Rückreise mit dem Bus ins Nachtlager, das diesmal in einem Keller untergebracht ist.

Unter den Läufern herrscht Unmut wegen der Unterbringung. Ich bereite mein „Bett" für die Nacht vor und stehle mich über eine Holztreppe ohne Geländer nach draußen, um den Sonnenuntergang zu genießen. Wir alle sind hungrig und verschwitzt. Kurz vor zehn gehe ich wieder rein, krieche neben den schlimmsten Schnarcher und hoffe, dass seine Geräusche die Ratten und Mäuse vertreiben werden.

8. Juni: 51. Etappe
Nach Baranovicy (76,4 km)

Um sechs Uhr heizt die Sonne schon ordentlich ein. Ingo gibt gebeugten Hauptes den Startschuss. Ich gehe die Strecke ruhig an. In Ivacevicy sind die Straßen, Bürgersteige und Wege sehr holprig. Die Miliz (Polizei) begleitet uns. Was habe ich durch diesen Lauf schon gelernt: Mit einer Gruppe die Nacht auf engstem Raum verbringen, zusammen hungern, miteinander streiten, lachen, weinen und einander verzeihen. Als einzelner Läufer wäre ich längst verzweifelt.

Die Spätstarter sind langsamer geworden. Was ist mit Werner Selch und dem Slowenen Dusan? Haben sie sich in Westeuropa auf den langen Strecken zu früh verausgabt? Während ich wie auf Daunen schwebe, quälen sich viele von uns, leiden an Durchfall. Besonders Robert ist angeschlagen.

In der Ferne ist eine Trabantenstadt zu erkennen. Die Fabrikschornsteine stoßen dichten Qualm aus, und die Hausfassaden sind ein einziges Grau. Ein Autofahrer schleudert mir aus dem fahrenden Auto zur Begrüßung eine Bananenschale vor die Füße.

Zwei laufbegeisterte Jugendliche begleiten mich in die Stadt, führen mich am Nachmittag in eine helle, saubere Halle. Hier muss man sich brav anstellen für eine Massage und fürs Abendessen. Sagte ich Abendessen? Es ist eine Blechschüssel, halb mit Brei gefüllt. Ingo tobt vor Wut. Er hatte für 80 Personen bestellt, aber es wurde nur für 30 Personen geliefert. Dass noch ein Topf voller Salat und Kartoffeln nachgeliefert wird, sättigt und besänftigt keinen von uns. Da bleibt nur noch der Griff in die private Vorratskiste. Die Gemüter beruhigen sich nur allmählich. Einer nach dem anderen schläft ein. Vor der Türe bewacht uns ein russisches Ehepaar.

9. Juni: 52. Etappe
Nach Stoubcy (64,9 km)

Eine Erholungsstrecke. Ziehe am Morgen das achte Paar Laufschuhe an, seit Portugal. Der Durchfall grassiert bei den anderen Läufern. Jetzt bin ich so froh, dass ich in den letzten Tagen wenig gegessen habe. Aldo, der Italiener läuft wie ein gebeugter Gladiator. Kiefern, gewellte Straße. Es läuft prima. Ingo ruft mir aus dem Auto zu:
„Brigitta, heute nacht schläfst Du in einem Hotel."
Ich horche auf: „Hotel? Sagtest Du Hotel?"
Am Versorgungsstand platze ich damit heraus:
„Wir schlafen heute nacht in einem Hotel."
Ein Betreuer erklärt mir den Grund:
„Eigentlich sollten wir in einem neuen Gebäude übernachten. Doch kurz vor der Einweihung sind über Nacht die sanitären Anlagen, die Türen und Fenster verschwunden. Für die Neubeschaffung fehlte das Geld. Jetzt verrottet der Bau. Darum schlafen wir im Hotel."

Ich stelle mir vor, wie der Hotelboy mich mit einem tiefen Diener im Foyer begrüßt, wie der Liftboy mich in den zweiten Stock fährt, meine Seesäcke ins Etablissement trägt.

Noch einmal lerne ich das Staunen. In dem zweistöckigen „Hotel" ist die Empfangshalle so groß wie eine Eisdiele. Zugleich dient sie als Speisesaal. Ich schleppe meinen Seesack über einen rutschigen Teppich die Treppen hinauf. Am Geländer hängt die Wäsche der Läufer zum Trocknen. Ich stolpere über Duc, den Franzosen. Der schläft im Flur und merkt nichts mehr.

Hinter der nächsten Ecke liegen weitere Läufer. Der Herr an der Rezeption sagt, Zimmer 12 sei für uns reserviert. Also gehen wir rein, und was sehen wir? In unseren Betten liegen Aldo und Stefan Schlett. Der Italiener stellt sich schlafend. Stefan sagt: „Wer später kommt, hat Pech gehabt. Ihr könnt euch ja dazu legen".

„Sehr witzig. Die Betten krachen so schon fast zusammen."

Stefan erbarmt sich und schiebt das Gepäck beiseite, so dass wir wenigstens unter dem Tisch unseren Schlafsack ausbreiten können. Sigrid will in die Dusche, kommt heulend zurück:

„Guck mal in die Dusche."

Ich kann es nicht glauben. Aldo hat die ganze Armatur aus der Wand gerissen, und jetzt läuft das Duschwasser ins Badezimmer. Ich bade in einer halb verrosteten Wanne und nehme in der Hotelbar unten einen erfrischenden Drink. Ondrej Gondas aus der Slowakei und mein brasilianischer Freund Carlos gesellen sich dazu. Ich erzähle den beiden, wie aus

94

unserem Zweibettzimmer ein Vierbettzimmer wurde. Wir amüsieren uns köstlich über unser Elend. Und Prost.

Vor dem Motel wird noch Folklore geboten. Weißgekleidete Frauen singen entzückend. Aber uns allen fehlt heute der Sinn für Kultur, so sehr sind wir innerlich aufgewühlt. Auf dem Weg zurück ins Zimmer heißt es aufpassen, denn auf den Fluren liegen Läufer, Schuhe, Kleidung und Gepäckstücke.

10. Juni: 53. Etappe
Nach Minsk (71 km)

Gestern Abend drehten wir alle Wasserhähne zu. Aldo will am Morgen unbedingt duschen und dreht den Hahn wieder auf. Das Wasser fließt ins Zimmer. Wir springen auf und flüchten nach unten. Was wäre dieser Lauf ohne Überraschungen? Sie sind das Salz in der Suppe, sie sorgen für Spannung und Abwechslung. Sonst wäre es doch vor lauter Langeweile gar nicht auszuhalten.

Ich habe gut geschlafen. Wir schonen die Toiletten und düngen diskret die Felder. Heute sollen wir die Hauptstadt von Weißrussland erreichen. Etwa 3900 Kilometer habe ich zurückgelegt. Das hügelige Gelände sorgt für Zerstreuung, zwingt zu einem anderen Lauf-Rhythmus. Der Himmel beschert uns eine leuchtende Farbenpracht mit großen weißen, blauen bis tiefblauen Wolken. Martin und Else Bayer haben uns verbittert verlassen.

Sebastian, der Zeitnehmer und Jürgen Ankenbrand übernehmen teilweise die Aufgaben der Bayers.

Jürgen Ankenbrand ist in Nürnberg geboren, in jungen Jahren nach Kalifornien ausgewandert. Der erfahrene Ultraläufer und Berufsfotograf beschränkt sich nicht aufs Fotografieren, sondern packt dort an, wo es nötig ist.

Wir nähern uns Minsk. Zum Glück kann ich die kyrillische Schrift lesen, muss mich nicht dauernd vergewissern, ob die Richtung stimmt. Die Polizisten begleiten nicht nur die Läufer, sondern bewachen auch die Betreuer an den Versorgungsständen.

In den Vororten von Minsk stehen alte Leute in den Parkbuchten mit Weidekörben voller Pilze. Beim Anblick der übergroßen Pilzköpfe denke ich an Tschernobyl. In Pilzen ist die Radioaktivität von Cäsium besonders hoch.

Kurz vor dem Ziel treffe ich Aldo, den wackeren Italiener, der schon ziemlich steif in den Hüften ist. Was hat er nur? Ich hole ihn ein und erschrecke. Er sieht aus wie der Gekreuzigte.

Die Straßen werden drei- und vierspurig. Hier fährt kein Trabi, aber sämtliche Modelle von Mercedes oder BMW - und viele alte Wolgas.

Das Ziel des Tages ist erreicht. Wo bleibt nur Aldo? Während ich auf den Bus warte, der mich zur Unterkunft bringen soll, erlebe ich eine seltsame Szene:

Aldo stolpert mit hängendem Kopf über den Bürgersteig, gefolgt von einem Polizeifahrzeug. Aldo wirkt so erschöpft, dass ein Polizist einen Krankenwagen herbeiruft, der kurz darauf mit heulender Sirene heranjagt. Aldo bekommt einen Weinkrampf und zeigt dem Fahrer des Krankenwagens, wo es weh tut. Herz, Magen, Darm, und alles untenrum schmerzt fürchterlich. Seine Tränen fließen. Er fleht um Medikamente. Der Fahrer will ihn stützen, aber Aldo springt zur Seite. Er will nicht in den Krankenwagen. Die Polizisten eilen dem Fahrer zur Hilfe und wollen Aldo gewaltsam in den Krankenwagen schieben. Doch Aldo wehrt sich mit letzter Kraft. Ich kann das Drama nicht länger mit ansehen und erkläre den Polizisten, warum Aldo sich wehrt:

„Sobald Aldo einen Meter gefahren wird, scheidet er aus der offiziellen Wertung aus. Er will so kurz vor dem Ziel nicht aus dem Rennen geworfen werden. Gebt ihm nur die Medikamente und lasst ihn in Ruh."

Sie lassen von ihm ab und schauen kopfschüttelnd zu, wie er sich auf dem Bürgersteig dreht und windet. Ihm geht es nicht besser als Robert Wimmer und Martin Wagen, die unter bösen Magenschmerzen und Durchfall leiden. Es scheint das Problem der Frontrunner zu sein, dass sie kurz vor dem Ziel ausgepowert sind und damit besonders anfällig für Krankheiten werden.

Aldo sitzt klagend am Straßenrand. Und ich versuche sogar noch, ihn zu verstehen. Er zeigt mir noch mal die Stellen, die ihm die schlimmsten Schmerzen bereiten.

Unsere Unterkunft am Stadtrand von Minsk ist hell und sauber. Eine ehrenamtliche Ärztin schaut sich meine Füße an. Die Haut ist glatt, als sei ich nicht einen Kilometer gelaufen. Ihr einziger Kommentar: „Das ist ein Wunder".

Kurz darauf trifft Aldo ein, trägt zwei Plastiktüten voller Proviant. Ich sage:

„Aldo, ein Glück, dass Du endlich hier bist. Ich habe mir schon solche Gedanken um Dich gemacht. Im

Nebenraum ist eine Ärztin. Die wird sich um Dich kümmern. Ich habe ihr schon von Dir erzählt."
Doch Aldo schaut mich mit glänzenden Augen an. Er wirkt verblüffend frisch und munter. Mit einer lässigen Handbewegung sagt er:
„Wozu brauche ich eine Ärztin? Mit mir ist doch alles in Ordnung."
Da bleibt mir die Spucke weg. Wie kann sich einer, der sich eben noch vor Schmerz im Dreck wälzte, in so kurzer Zeit erholen?

Manfred Leismann steht mit Schlips und Kragen bereit. Nach einem Interview mit einem Fernsehsender soll er ein Ehrenmal besuchen. Eigentlich sollte Ingo dorthin, aber der hatte es abgelehnt, mit der Begründung, so ein Besuch passe nicht zum Trans-Europa-Lauf. Ich finde, der Besuch an einem russischen Ehrenmal ist bei einem Lauf für Verständigung und Frieden eine Pflicht. Wir kommen nicht an der blutigen europäischen Geschichte vorbei. Es ist nun mal eine traurige Tatsache, dass die Deutsche Wehrmacht unendliches Leid über Russland gebracht hat. Wenn wir in Europa Frieden schließen wollen, müssen wir auch der russischen Opfer dieses Krieges gedenken.

11. Juni: 54. Etappe
Nach Barysau (76 km)

Schon im Vorbeilaufen lässt sich erahnen, dass es hierzulande neben der Polizei noch andere mächtige Kräfte gibt. Auf der Zufahrtsstraße, unmittelbar vor einer Brücke, die die Polizei für uns freigegeben hatte, rollt an einer Kreuzung eine Luxuslimousine bis zur Fahrbahnmitte und versperrt uns den Weg. Der Fahrer zitiert einen Polizisten herbei und macht ihm Vorwürfe, weil er uns den Vorrang gibt.

Der Gegensatz zwischen den stilvollen Bürofassaden und den grauen Wohnsilos fällt besonders ins Auge. Die Landstraße durchschneidet kühle Wälder. Am Straßenrand grasen Kühe. Vor Barysau begleiten uns Schüler in sportlicher Kleidung. Während sie neben uns herlaufen, schauen sie uns so bewundernd an als könnten sie gar nicht fassen, dass ein Mensch so weit laufen kann. Diese stille Bewunderung freut mich mehr als jede Medaille. Ich glaube, dass durch unser Beispiel mancher Jugendliche zu eigenen Leistungen motiviert wird.

Die moderne Turnhalle ist schnell gefunden. Jeder Teilnehmer erhält einen Bildband von den Olympischen Spielen 1980 in Moskau.

„Mensch, habe ich Lust auf ein Bier," sage ich zu Sigrid. Aber sie winkt ab. So laufe ich alleine in die Stadt und finde ein nobles Restaurant, in dem die Kellnerinnen mit Spitzenhäubchen servieren. Ich bestelle ein Bier und frage zu spät, ob der Euro als Zahlungsmittel anerkannt wird. Die Kellnerin schüttelt den Kopf. Jetzt sitze ich in der Klemme.

Doch der junge Mann auf dem Hocker nebenan spendiert mir das Bier. Für ihn ist das ein halber Monatslohn. Als ich ihm Geld anbiete, lehnt er entrüstet ab. Das dürfe ich ihm nicht antun. Das sei eine schwere Beleidigung. Zu Tränen gerührt kehre ich in die Unterkunft zurück.

Martin Wagen leidet unter Magenschmerzen und Durchfall. Heute konnte er nur sechs Kilometer pro

Stunde gehen. Er erzählt, die Polizisten, die ihn begleiteten, hätten ihn schikaniert. Sie wollten ihn sogar in ihren Wagen zerren und ins Ziel fahren, um früher Feierabend zu machen.

12. Juni: 55. Etappe
Nach Bobr (62 km laut Plan, gelandet in Krupky nach 45,1 km)

Heute breche ich das elfte Paar Laufschuhe an. Wir kommen aufs Land. Weiden, Felder und Wälder, so weit das Auge reicht. Zwischen den Baumkronen immer wieder Zwiebeltürme, mal aus Holz, mal aus Kupfer. Meine innere Unruhe wächst mit jedem Tag, treibt mich immer schneller voran.

Am Ende der Tagesetappe stehe ich vor einer Halle, über der sich ein halbrundes Wellblechdach wölbt. Unsere Unterkunft für die Nacht wird von Polizisten streng bewacht. Der Fußboden ist rau und zerfasert. Aus der Dusche tröpfelt eine bräunliche Flüssigkeit. Wozu duschen? Wir haben doch Kleenex. Über den Zustand der Toiletten schweigt des Sängers Höflichkeit. Robert hat sich völlig verausgabt und schleppt sich mit letzter Kraft dahin. Verzweifelt sucht er nach einem Präparat, das ihn wieder auf die Beine bringt. Die Kioskbesitzer in den Dörfern sind auf solche Fälle nicht vorbereitet und können ihm auch nicht helfen.

Hoffentlich bekommt Martin Wagen keine Diphterie. Seine Betreuerin Alexandra ist besorgt.

Pünktlich um 22 Uhr herrscht wieder Nachtruhe. Ja, was krabbelt denn da in den Schlafsack? O je. Ich liege mitten in einer Ameisenstraße. Ja, so etwas habe ich ja noch nie erlebt. Wartet, ihr Biester. Euch vertreibe ich schnell. Pffffft, pffffft macht die Sprühdose und ... die Tierchen kümmern sich einen Dreck drum, bleiben einfach am Leben. Vielleicht hilft ein bisschen Spiritus. Ohne Erfolg. Ich flüchte in die Mitte der Halle. Sie folgen mir. Stefan Schlett ist schon auf die Empore entflohen. Die anderen Läufer werden ebenfalls unruhig. Nun rücken wir in der Hallenmitte zusammen und bilden einen Abwehrring. Die anstürmenden Ameisen werden mit den Fäusten, mit den Handflächen, mit Rucksäcken und gerolltem Packpapier zu Ragout gekloppt. Eigentlich hat der liebe Gott zuerst die Tiere erschaffen und dann den Menschen. Eigentlich...

Manfred Leismann hat mit alledem nichts zu tun. Er schnarcht selig in seinem Privat-Pkw. Wenn ich wüsste, wie ich es anstellen soll, hätte ich ihm gerne einen Sack voll Ameisen unter das Kopfkissen gelegt. Nun muss ich über meine Schnapsidee selber lachen, wie die buddhistischen Mönche.

<u>13. Juni: 56. Etappe</u>
<u>Nach Jurceva,</u>
<u>angekommen in Orscha (93,8 Kilometer)</u>

Die Polizei geleitet uns aus Krupky heraus. Ich fühle mich in den grünen Mischwald eingeschlossen. Links und rechts der Straße ist es finster, so dicht stehen die Bäume beieinander. Vom Himmel sehe ich nur einen blauen Streifen. Hinter mir fährt das Polizeiauto, besetzt mit zwei Polizisten. Sie warten diskret, als ich an den Toilettenbaum muss. Diese bewaldete Passage erstreckt sich über 20 Kilometer. Hinter einem Bahnübergang ist für die Polizisten Schichtwechsel.

Ein mittelgroßes Dorf mit leeren Straßen. Eine Ente im Sonnenschein schwimmt auf einem See. Ein weißes Haus mit bunten Blumen vor dem Fenster. In der Scheune ist eine Leiter angelehnt. Im Zentrum Monumente zur Erinnerung an die blutigen Schlachten des Zweiten Weltkriegs. Die Straße wird holprig, der sandige Randstreifen ist von Wurzeln durchsetzt. Bunte Holzhäuser unter einem grünen Baldachin. Wolken ziehen herauf.

Heute ist hier Markttag. Wie die Leute mich anstarren! Vermutlich ist hier noch nie eine Frau in kurzen Hosen an den Marktständen entlang gelaufen, der ein Polizeiauto folgte.

Ich laviere mich durch die Weidenkörbe, Puppen und Teppichstände hindurch, biege um die nächste Ecke und bin in der Abteilung für Kochtöpfe und Wolle. Es beginnt zu regnen, als ich die Stadt wieder verlasse.

Wir durchqueren ein Sumpfgebiet. Endlose Birkenwälder. Wer hier vom Weg abkommt, den findet man nie mehr. Beiderseits der Straße blubbert der Sumpf, verbreitet faulige Gase.

Am Versorgungsstand höre ich, dass unter den Läufern der Durchfall grassiert. Ingrid Rücknagel-Böhnke weint vor Schwäche. Ich fühle mich ganz wohl und sende immer wieder das Stoßgebet zum Himmel:

„Lass auch den restlichen Haufen sicher in Moskau ankommen."

Auf der rechten Seite, oberhalb des Grabens, liegt ein Monster. Ich komme näher und sehe einen Vierzigtonner. Neu, weiß-blau. Das Landeskennzeichen ist unkenntlich gemacht. Wer weiß, wie viele Fahrzeuge bereits im Sumpf stecken.

Am Nachmittag färbt sich der Himmel rabenschwarz. Ein dumpfes, unheimliches Grollen geht durch die Stille. Ich beobachte das aufziehende Wetter und sehe, wie sich droben schwefelgelbe Flecken bilden, die sich rasch vergrößern. Etwas scheint in ihnen zu brodeln. Gegen 17 Uhr färbt sich der Himmel grün und gelb. Es schüttet aus Eimern. Meine Finger werden kalt und steif. Schon läuft mir das Wasser aus den Schuhen, fließt über den Asphalt talwärts, wie ein Bach. Durch die Regenschleier hindurch erkenne ich am Straßenrand unseren weißen Zeitnahmebus.

Hinten im Kastenwagen hocken schon drei Läufer und warten darauf, dass sich der Regen legt. Es ist die schlimmste Dusche seit Bordeaux.

Wieder teile ich mit Sigrid ein Zweibett-Zimmer. Schnell die Haare frottieren und ab zum Abendessen. Und schon naht die nächste Überraschung. Es ist kaum noch was da zum Futtern. Die Leute, die zuerst kamen, haben sich vollgestopft und gedacht, nach uns die Sintflut. Zum guten Schluss reicht man uns doch noch eine Gemüsesuppe und Brot. Brot ist immer gut. Es macht die Wangen rot und verhindert Durchfall.

<u>14. Juni: 57. Etappe</u>
<u>Nach Katyn in Russland (92,3 km)</u>

Ich scharre mit den Füßen wie ein Rennpferd in der Startbox. Nur noch eine Woche, dann ist alles überstanden. Plattes, weites Land und Sumpf. Irgendwann geht es über den Dnjepr. Vor uns taucht ein Schilderwald auf. Dann folgen große Betonsäulen mit Flaggen. Wir haben die russische Grenze erreicht. Ludger

Triebus hat die Fäden so fein gesponnen, dass die Zollbeamten uns sogleich durchwinken.

Es geht über Pflaster und holprige Bürgersteige den Berg hinauf. Carlos und Ondrej haben sich unterwegs angefreundet und laufen händchenhaltend über die Grenze. Durch die Zeitverschiebung wird uns wieder eine Stunde genommen.

Der Berufsverkehr schwillt an. Dichter Regen fällt. Wir müssen zehn Kilometer weiter als geplant übernachten, doch Ingo hatte darauf keinen Einfluss. Man bringt uns am Zielpunkt mit dem Bus in ein Gebäude, das einem Internat ähnelt. Dort muss man auf dem Flur duschen, aber wen stört das noch?

Am Abend gehen wir ins Kulturhaus des Dorfes. Unterwegs grüßen freundliche Leute. Der Weg führt an monumentalen Kriegerdenkmälern vorüber, mal mit Sowjetstern, mal mit einem Panzer davor.

Im Kulturhaus ist ein Büfett für uns aufgebaut. Das Essen reicht dieses Mal für alle. Wir gehen nachdenklich an den Denkmälern vorbei, zurück zur Unterkunft. Mal sehen, welche Überraschung heute Abend auf uns wartet. Meine roten Eimer sind verschwunden, abhanden gekommen, nicht mehr aufzutreiben, einfach weg, futschikato. Vergiss es. Dann fällt das Fußbad halt aus. Sigrid schläft schon. Ich krieche leise in meinen Schlafsack.

15. Juni: 58. Etappe
Nach Jarcevo (75,4 km)

Die Straßen sind wie mit der Brennschere onduliert. Lange Steigungen wechseln mit kurzen Senken ab. Eine Läuferin mit nackten Füßen begleitet mich. Sie hat unseren Lauf im Radio und im Regionalfernsehen mitverfolgt.

Am Sonntag fliehen die Leute vor der grauen Stadt aufs Land. Die Gaststätten sind gut besucht. Ich muss auf jede Unebenheit am Straßenrand achten, damit ich nicht stürze; auch meine Muskulatur ist geschwächt.

Das Kulturhaus von Jarcevo wird zum Nachtlager. Wir schleppen das Gepäck mühsam Stufe um Stufe in den Keller. Zum Duschen werden wir ins historische Gemeinschaftsbad gefahren, einem geschichtlichen Rest aus der Zarenzeit, wo man noch Schwamm und Seife geschenkt bekommt.

Als wir zurückkehren, ziehen vor dem Kulturhaus die Wachen auf. Nebenan ist eine Disco. Man kann nie wissen.

Es gibt wieder eine Tanzvorführung. Alles schön und gut. Aber bitte doch nicht jeden Abend. Ich kann keine Trachten mehr sehen. Bis zum nächsten Tageszziel Safanovo sind es nur 46 Kilometer. Das ist ein kleiner Trost.

16. Juni: 59. Etappe
Nach Safanovo (45,6 km)

Die paar Kilometer werde ich heute wohl fliegen. Montagsverkehr. Smolensk lassen wir links liegen, laufen am Rande der Autobahn. Unterwegs orthodoxe Kirchen und Klöster. Dann hügelige, bewaldete Landschaft.

Safanovo ist eine saubere, gepflegte Stadt. Ich traue mich in ein orthodoxes Gotteshaus. Junge Menschen starren mich verwundert an, als ich mit kurzen Laufhosen eintrete. Eine andere Welt tut sich auf. Betende Menschen knien vor Ikonen, unter denen Kerzenlicht flackert. Ich knie nieder und sage leise: „Danke, Madonna." Und schon bin ich wieder draußen, verfalle in meinen Schlappschritt.

In Safanovo sitzen die Schnellläufer schon auf der Haustreppe und wissen nicht, wie sie die Zeit totschlagen sollen. Ingrid verteilt ein paar Flaschen Bier und legt Fleisch auf den Grill. So eine ausgedehnte Ruhepause nach einem Lauf hatten wir noch nie.

In dem vierstöckigen Haus wohnen auch sozial Schwache aus der Umgebung. Ich schleppe mein Gepäck in die zweite Etage. Mit Sigrid bin ich in einem schlauchähnlichen Vierbettzimmer untergebracht. Wir gewähren dem Etappenläufer René das Nachtasyl, damit er nicht auf dem Flur schlafen muss. Stefan Schlett bleibt draußen. Das ist unsere Rache für Stoubcy.

Der Bus, der uns zum Duschen in die Nähe des örtlichen Sportplatzes fahren sollte, hat nur ein paar Leute mitgenommen. So schließen wir Unreinen uns zu einer Gruppe zusammen. Es wäre zu gefährlich, alleine dorthin zu gehen. Wir kämpfen uns auf einem Trampelpfad voran, schlüpfen durch ein Loch im Drahtzaun und überqueren einen sehr verwahrlosten Vergnügungspark. Die Spielgeräte und Rutschbahnen sind verrostet, von den Blechresten blättert die Farbe. Auch der Sportplatz ist kaum noch zu erkennen. Yuji Takeishi, ein Japaner, warnt vor den Duschen: „Passt auf, die Wassertemperatur lässt sich kaum regulieren. Da schießt sofort kochend heißes Wasser heraus."

Auf dem Rückweg sehen wir hinter dichtem Gestrüpp eine verlassene Fabrik mit leeren Fensterhöhlen.

17. Juni: 60. Etappe
Nach Vjajsma (79,1 Kilometer)

Der 17. Juni ist für mich ein besonderer Tag. Am 17. Juni 1961 siedelte meine Familie in die Bundesrepublik über. War das vorher ein Papierkrieg! Unsere Bahnreise von Olsztyn über Warschau und Berlin führte ins Lager Friedland. Jeder von uns hatte nur einen Koffer dabei. Es folgten bittere Jahre, in denen ich mich vollkommen umstellen mußte.

So richtig Fuß fassen konnten wir erst später, in Neviges, dem katholischen Wallfahrtsort, wo schon Carol Woytila betete, bevor er Papst wurde. Hier schloss ich die Schule und meine Ausbildung ab, fand im Sport meinen Ausgleich. Es dauerte viele Jahre, bis ich mich in Deutschland heimisch fühlte.

In einem geeinten Europa sollte es solche Flüchtlingsprobleme nicht mehr geben. Ein Wohnungswechsel innerhalb Europas müsste bald so selbstverständlich sein wie innerhalb der USA. Utopisch? Wer keine Träume hat, kann nichts bewegen.

Noch vier Etappen bis Moskau. Das krasse Frühlingsgrün knallt scharf in die Augen. Ist mir lieber als die tristen Hausfassaden. Einige Kriegerdenkmäler erinnern an die blutigen Schlachten, die den deutschen Vormarsch auf Moskau zum Stocken brachten und die Wende im Russlandkrieg einleiteten. Ein Denkmal erinnert daran, dass 300 000 sowjetische Soldaten im Kessel von Smolensk starben.

Das Klima wird rauer. Die Transitstrecke mit den langen Steigungen und dem Gefälle macht mich müde. Der Gegenwind kostet Kraft. Viele Autos sehen aus, als fielen sie bald auseinander. Der Wind trocknet die Haut aus, ohne dass ich es rechtzeitig merke. Also, fleißig trinken. Wen sehe ich denn da vor mir? Manfred Leismann, unseren Pionier und Frontrunner. Zum ersten Mal hole ich ihn ein. Er bewegt sich mühsam vorwärts, geht Schritt für Schritt. Wie oft hat er mich überholt? Jetzt soll ich *ihn* überholen. Wie mache ich das nur?

Freundlich ziehe ich an ihm vorbei und sage aufmunternd: „Du bist gleich am Ziel."

Er murmelt was von zu dick angezogen, mh... mh...vor sich hin. Brigitte Leismann ist besorgt, weil ich vor Manfred ins Ziel komme. Ich beruhige sie: „Manfred ist gleich hinter mir."

Es gibt noch eine Stadtrundfahrt und gutes Essen. Ich fiebere dem Ziel entgegen, stelle mir vor, wie ich auf dem Roten Platz die Urkunde entgegen nehme.

18. Juni: 61. Etappe
Nach Gagarin (68,7 Kilometer)

Carlos wollte nachts alleine durch die Stadt bummeln. Weil er seinen Pass nicht dabei hatte, wurde er von der Polizei aufgegriffen. Die Beamten brachten Carlos in die Turnhalle und waren erst zufrieden, als Ingo ihnen den Pass von Carlos zeigen konnte. Merke: Entferne Dich nachts in Russland nicht von Deinem Rudel. Im günstigsten Fall schnappt Dich die Polizei.

Heute laufen wir nach Gagarin, benannt nach Juri Gagarin, der als erster Mensch im Weltall war. Im Klassenraum meiner einstigen Schule hing ein großes Poster mit Gagarins ausdrucksvollem Gesicht. Wie habe ich als Zwölfjährige für ihn geschwärmt.

Doch jetzt muss ich mich auf den Verkehr konzentrieren. Die Sonne sticht unerbittlich. Die kleinen, meist himmelblau gestrichenen Holzhäuschen am Straßenrand sehen niedlich aus. Ich kann mir aber nicht vorstellen, wie die Leute im Winter vor die Türe kommen. Müssen sie nicht befürchten, dass ihr Häuschen vom Schneepflug weggeschoben wird? Links erhebt sich ein Berg, auf dem eine Rakete steht. Drum herum tummeln sich scharenweise die Schulkinder. Überall begegnet mir Juri. Auf dem Brückenpfeiler, im Park. An den Kiosks werden Juris in verschiedenen Größen als Reiseandenken verkauft. Rechterhand steht am Eingang des Bahnhofs das Schild „Gagarin".

War neun Stunden unterwegs, ehe ich die Turnhalle erreiche. Die Kinder bestaunen unsere Laufwäsche auf der Leine. Sie bieten Postkarten zum Verkauf an. Und wer ist drauf abgebildet? Natürlich...

Nach einer Massage geht es ins „Gagarin-Restaurant". Am Büfett eine lange Schlange, aber es wird noch nichts ausgeteilt. Also nehme ich schon mal die Nachspeise, leckere Kuchenteilchen, schmecken hervorragend. Da erhebt sich lautes Geschrei, denn ich vertilge schon das Frühstück für morgen. Bevor mir einer was abnehmen kann, schiebe ich mir weitere

Kuchenstücke in den Mund. Schließlich ist das hier kein Fastenlauf.

Auf dem Rückweg zur Turnhalle wechselt René die Straßenseite. Sofort wird er von der Polizei überprüft. Wir kaufen am Kiosk ein paar Kleinigkeiten. Die Rechenmaschine ist hier ein Zählbrett mit Kugeln. Um den Durst zu löschen, erstehen wir Zuckerwasser.

19. Juni: 62.Etappe
Nach Gidrousel (78 oder 87 Kilometer?)

Ein frischer Morgen. Nur ein paar Wolken am Himmel. Wir eilen über die napoleonischen Schlachtfelder. Hier, an der Beresina, hat Napoleon 1812 seine schlimmste Niederlage erlitten. Die Russen halten die Erinnerung an ihre Siege hoch in Ehren. Schließlich sind die Denkmäler auch ein Sinnbild des ungeheuren russischen Kampfwillens.

Ich frage mich, wie die Soldaten des Franzosenkaisers jemals die Steigungen mit ihren Kanonen bewältigen konnten. Was mag Duc, unser Franzose wohl denken, wenn er hier entlang läuft? Er ist nicht gut auf die Deutschen zu sprechen. Für ihn sind die Deutschen in erster Linie Nazis, die immer noch die Welt beherrschen wollen. Jetzt hat er mal ein Beispiel für französischen Imperialismus vor Augen.

Wir laufen durch Dörfer mit verlassenen bunten Hexenhäuschen, die von blühenden Hecken, Blumen und Sträuchern umrankt werden. Der Zugang zu den Grundstücken besteht oft nur aus zwei Holzbalken, die über den offenen Abwasserkanal gelegt wurden. An den Fassaden der Mietblocks reihen sich die Satellitenschüsseln aneinander. Die Gedenktafeln russischer Dichter säumen den Weg: Dostojewski, Tolstoi, Gorki.

Eine riesige Villa, von einer Mauer aus Klinkersteinen umgeben. Sieht aus wie eine Festung, man kann aber nicht erkennen, welchem Zweck sie dient. Jedenfalls steht sie in deutlichem Kontrast zu den kleinen Wohnhütten. Die Landschaft gibt viele Motive für romantische Impressionen her. Weit im Feld, ein orthodoxes Kloster, überragt von einem Doppelkreuz auf einer goldenen Kugel.

Wieder eine Gedenkstätte. Die Sonnenstrahlen legen eine schöne Schattierung über die hohen Gräser, die sich im Winde wiegen. Ein Panzer vor einem Kriegsmuseum. Dahinter ein großes Kloster, in das ich mich nicht hineinwage. Jürgen Ankenbrand hat hinein geschaut und sagt mit verklärtem Gesicht:

„Einmalig! Wie im Vatikan."

Das Ziel wurde um zwei Kilometer nach Gidrousel verlegt. Auch hier ist der Sieg über Napoleon allgegenwärtig. An der Hausfassade des Restaurants, in dem man uns Gegrilltes serviert, ist Napoleons Kriegsgeschichte aufgemalt. Auch im Lokal verzieren farbige Schlachtengemälde die Wände. Hier zeigt sich, dass selbst die alten Wunden von 1812 noch nicht verheilt sind. Unser Friedenslauf kann die Heilung vielleicht ein bisschen beschleunigen.

20. Juni: 63. Etappe
Nach Lesnoi Gorodok (96 Kilometer)

Es klingt angeberisch, wenn jemand nach 63 Tagen Non-Stop-Lauf behauptet, er könne 100 Kilometer locker schaffen. Geradezu großsprecherisch klingt es, wenn ich behaupte, dass ich noch weiter laufen könnte als „nur" bis Moskau.

Schon erscheinen die ersten Journalisten. Der Spitzenreiter Robert Wimmer wird zum Interview gebeten. Ingo hat eine Stimmstörung, bringt keinen Ton heraus.

Ein elegantes Cabrio fährt langsam neben mir her. Der Fahrer fragt mich, wohin ich laufe. Als ich Moskau sage, streichelt er seinen Beifahrersitz, um anzudeuten, dass er mich mitnehmen möchte. Ich lehne freundlich ab. Einen Kilometer fährt er neben mir her. Dunkle Wolken ziehen am Horizont auf. O je, der Himmel verfinstert sich. Der Fahrer schließt verärgert sein Verdeck und rast davon.

Ein Regenschauer duscht mich von oben bis unten. Vorsicht, sonst rutsche ich auf dem glitschigen Kopfsteinpflaster aus. Rechts und links der Straßen prunken luxuriöse Villen, von Mauern und Stacheldraht umgeben.

Jetzt stürzen die Wassermassen hernieder. Die Gullys können sie nicht fassen. Die Straße wird auf Bordsteinhöhe zum Sturzbach. In der Talsenke bildet sich ein flacher See.

Auf der vierspurigen Stadtautobahn haben die Autos die Scheinwerfer eingeschaltet. Unterstellen ist sinnlos, denn ich bin schon nass bis auf die Haut. Die Aufschriften der Straßenschilder sind nicht mehr zu erkennen. Die Finger werden kalt vom Regen.

Endlich kann ich die Fahrspur wechseln, halte ein Auto an und zeige den Leuten meine Erkennungsmarke mit der Aufschrift „Trans-Europa-Lauf." Sie deuten auf eine Person, die sich durch den Dunst bewegt. Es ist Duc, der Franzose. Ich versuche, ihn einzuholen. Endlich kommt die Versorgungsstelle, unsere Rettungsinsel. Denkste. Hier wird nur mitgeteilt, dass wir noch neun Kilometer weiter laufen müssen als ursprünglich geplant. Na Bravo. Eine kurze Stärkung. Und dann geht es weiter. Der Bus mit der Zeitnahme überholt mich. Joachim Barthelmann ruft mir zu:

„Du bist gut in der Zeit. Ich drück' Dir die Daumen und tschüss."

Die Zeit wird gemessen. Selbst der schnelle Finne Janne Kankaansyria war heute langsamer als ich, Mariko und ihr Mann sind noch unterwegs. Wir werden hervorragend untergebracht und bewirtet. Es ist wie ein Traum, so als sei ich erst vor ein paar Tagen gestartet. Morgen soll alles schon vorbei sein? Übermorgen sitze ich wieder im Flieger nach Düsseldorf. Und dann beginnt der Alltag. Diese Gedanken sind kaum auszuhalten.

21. Juni: 64. Etappe
Zieleinlauf in Moskau
Finish-Time:
4621,6 km in 673 Std. 37 Min. und 34 Sekunden

In der Frühe überbringt uns Ingo schon wieder eine schlimme Nachricht: Die Zufahrt zum Zentrum ist gesperrt. Darum werden wir bis zur Stadtgrenze mit dem Bus gefahren. Die letzten neun Kilometer legen wir pro forma für die Medien zurück.

Unser Begleiter Korovin hat Probleme wegen der Parkplatzgebühren. Man munkelt, dass eine Mafia hier Gebühren kassiert. Wir warten auf den Bus, rennen vor dem Hotel hin und her. Dann sitzen wir in der Hotelhalle und drehen Däumchen, können nicht verstehen, warum es so kurz vor dem Ziel noch solche Schwierigkeiten gibt. Wie will Bernard die Strecke bewältigen, nachdem ihn sein Begleiter verlassen hat? Fragen über Fragen. Ich lasse alle Probleme in Liebe los und warte einfach ab. Und siehe da. Der Bus kommt, der Fahrer bringt einen Ersatzfahrer für Bernard mit. Jetzt sollten wir in die Stadt hinein fahren, doch die Stadtautobahn ist mit Blech zugestopft. Auch das löst sich.

Endlich sind wir am Startpunkt angekommen. Ein Milizkonvoi fährt voran, mich begleiten zwei russische Lauf-Fans. Aus vorbeifahrenden Pressefahrzeugen werden wir gefilmt. Man treibt uns über riesige Kreuzungen. Dann geht es nur langsam weiter, einen Hügel hinauf. Im Blumenmeer des überaus gepflegten Victory-Parks sind nur Brautpaare zu sehen. Wo ist das Ziel-Transparent? Wo ist die Presse? Wir glauben, am Ziel zu sein und feiern unter uns, liegen uns in den Armen. Stefan Schlett lässt sich eine Drei-Liter-Flasche Sekt über den nackten Oberkörper gießen. Der ZDF-Reporter interviewt mich. Ich erzähle ihm gerade, dass ich elf paar Laufschuhe verschlissen habe, da unterbricht Ingo das Gespräch. Mit Flüsterstimme weist er mir einen Platz auf der Straße zu, die zum Endziel führt. Die Fotografen lauern rechts und links der Fahrbahn. Es gibt ein Blitzlichtgewitter wie beim Start in Lissabon. Die Reporter, die Fernsehleute, der slowenische Botschafter, Verwandte und Bekannte umschwärmen und beglückwünschen uns. Endlich sind wir am offiziellen Zielpunkt angekommen. Die Busse warten schon. Wir werden zum Roten Platz gefahren.

Dort möchte auch der Hauptsponsor Bayer seine Presseschau veranstalten. Es gibt Verzögerungen. Die Zeit wird uns lang, darum bummeln wir am Kreml entlang. Einige Läufer starren gedankenschwer vor sich hin, andere schlagen Purzelbäume vor Freude. Cor Westhuis mit Frau und Sohn haben es gemeinsam geschafft. Er zu Fuß, Frau und Sohn auf Fahrrädern. In meiner Läuferkluft besuche ich das Kaufhaus Gum. Endlich darf ich wieder einkaufen. Doch jetzt habe ich genügend Schuhe. Ansonsten sehe ich superelegante Mode. Die Kö ist nichts dagegen.

An einer Bar trinke ich mit Ondrej Gondas ein kühles Bier. Immer wieder rufe ich mir mein Ergebnis ins Gedächtnis:

4621,6 km in 673 Std. 37 Min. und 34 Sekunden.

Endlich ist Siegerehrung. Manfred Leismann, 2. Vorsitzender und Streckenverantwortlicher des Trans-Europa-Laufs postiert sich vor dem Transparent seines Arbeitgebers Bayer. Die Kameraverschlüsse klicken.

„Halt, halt," rufe ich, „es sind doch noch mehr Leute mitgelaufen. Die müssen auch aufs Bild."

Für das Zielfoto fehlt wieder einer. Endlich kommt unser Gemütsmensch Stefan Schlett daher getrottet. Er hatte sich im Café verplaudert. Die Medaillen werden verteilt, mit der Prägung:

„TransEuropa-FootRace, from April 19th to June 21th 2003, Lisbon to Moscow, 64 stages."

Die Krönung des Tages ist ein üppiges Festessen. Von allem ist genug da. Die Leute vom Service können gar nicht begreifen, dass wir so oft ans Büfett eilen. Herrlich, dass ich mein Essen nicht herunter schlingen muss. Ach, hier sehe ich noch ein Törtchen und dort ein Stück Kuchen. Ach nein, hier gibt es sogar duftenden Bohnenkaffee.

Ingo sieht ramponiert aus. Robert Wimmer wird jetzt von Bayer als Sieger geehrt, die Läufer und Helfer werden nochmals erwähnt. Der Bus bringt uns in die Jugendherberge. Sigrid und ich müssen unser Gepäck die Treppe bis zur dritten Etage hoch tragen.

Morgens um fünf bringt mich ein Privattaxi zum Flughafen. Jetzt muss ich wieder ins normale Leben zurück. Der plötzliche Abschied fällt mir schwer; schon nach drei Stunden bin ich wieder in Düsseldorf.

Rückblick:

Es gab Pleiten, Pech und Pannen, wie das bei Experimenten so üblich ist. Den Organisatoren wurde eine Menge abverlangt. Sie haben getan, was in ihren Kräften stand. Nur die Verpflegung war zu knapp. Jeder Teilnehmer kann seine Medaille mit großem Stolz tragen, denn sie ist eine der höchsten Auszeichnungen, die man im Laufsport erringen kann.

Auch die Helfer vollbrachten großartige Leistungen.

Dieser Lauf wurde überwiegend von den Teilnehmern finanziert. Die Firma Bayer unterstützte die Aktion in nachahmenswerter Weise. Die Medien begleiteten uns rücksichtsvoll und aufmunternd.

Beim Trans-Europa-Lauf konnte jeder von uns seine Leistungsfähigkeit beweisen und zugleich monatelang für die Idee von Verständigung und Frieden in Europa werben.

Dafür habe ich mich gerne angestrengt.

Brigitta Biermanski
August 2005